漢詩の稽古

石川忠久

大修館書店

はじめに

昭和の末、五十七、八年の頃だったか、当時在職していた東京町田の桜美林大学中文科で、学生が、漢詩の作詩を学びたい、と申し出てきた。

そこで早速、課外に私の部屋に集めて、手ほどきから始めた。それを何回したのかもう思い出せないが、やがて、どこからどう聞き伝えたか、他大学の院生などが来るようになり、毎月一度、土曜日の午後、私の部屋をサロンにして、早大、慶大、立教大、お茶の水女子大、日本女子大、二松学舎大、東京教育大等の院生、OB、又漢詩愛好の年輩の女性も集まって、作詩の会が続けられた。

最古参の一人、水出《みずいで》和明君の記録によると、昭和五十九年に湯島聖堂に集まり、「櫻林詩會《おうりんしかい》」として正式に発足した、という。その頃、私は聖堂を管理する財団法人斯文会《しぶんかい》（現在は公益財団法人）の常務理事を兼ねており（平成二年よりは理事長として今に至る）、また同所で漢詩鑑賞の講座を十五年来担当していたので、交通の便もよい聖堂に拠点を移したのである。平成二年からは、私の所属も桜美林大学より九段の二松学舎大学に変わった。

この会を始めるに当っては、特に方針や目標は立てず、自然に任せ、来たる者は拒まず、去る者は追わず、この間、東大、国士舘大、埼玉大、東京学芸大の学生、出身者も新たに参加してきた。初めから数えれば、延べ何人が名を連ねたか。

メンバーは入れ代りつつ、常時十人前後が月一回土曜の午後、聖堂に集まる。四月には花見、十二月には忘年の宴を催し、和気靄々、近ごろは中国から留学の若い人も参加してくる。そして、三十年。今では、幹事の後藤君ら師範級の上級者及びこれに準ずる者が幾人も出てきた。一昨年ごろより、この節目を迎え、また私の傘寿を祝って、記念の詩集を出したい、併せて後進の為の手引きともしたい、という声があがり、水出、後藤、中嶋の諸君を中心に作業が進められた。

まず、各自が任意に提出したものを、そのまま並べる形にしてみたが、それでは「手引き」にならないし、多くの人に読んでもらうわけにもいかない。いろいろ考えた末、私の本を多く出版してくれている大修館書店の黒﨑さんに話を持ちかけ、結局「詩集」ではなく、詩を素材として「読み物」を作ることとなった。そこで、ベテラン編集者の正木さんと新進の佐藤さんの登場となる。詩会の方からは、後藤淳一、中嶋愛の新旧の気鋭が対応。いろいろ意見を出し合い、このような形となった。詩の配列は、形は絶句から律詩へ、内容は大まかに易から難へ、としてある。

表題は、以前に出版した『石川忠久 漢詩の講義』（平成十四年四月刊）に続く意味をこめて

『石川忠久　漢詩の稽古』とした。「稽古」というのがピッタリで面白いものができたと思う。漢詩を作る人、これから作ろうとする人たちに是非読んでいただきたいと念じている。

思うに、戦後漢字を制限し、漢文をはじめ古典の教育を疎かにした結果、漢詩を作るという、古来の、殊に江戸以来の風雅な道が消滅に瀕してしまった。日本文化を形成する土台が薄くなった、と言うべきであろうか。「狂瀾《きょうらん》を既倒《きとう》に廻《めぐ》らす」という言葉があるが、何とかこの退勢を回復したいのが、私の念願である。

何気なく始めたこの会だが、弟子たちが言わず語らずのうちに私の志を汲み、こうして今日まで会を続け、さらには馬齢を祝ってくれること、まことに嬉しい限りである。余生の幾何なるかは知らず、この会の長く続くことをひたすら願っている。

あらためて、大修館書店の黒﨑昌行さん、正木千恵さん、佐藤悠さんほか、お世話になった方々に深甚の謝意を表する次第である。

石川　忠久

二〇一五年五月立夏の日　　東京九段の哲中庵にて

目次

七言絶句

コラム

付録

凡例

・著者の主宰する櫻林詩會の協力のもと、「原案」および「改案」の詩は同会員の作成になるものを用いた。
・右の「原案」「改案」に対し、著者が「推敲」「完成」「直伝」をほどこした。
・詩とその書き下しは、旧字体（いわゆる康熙字典体）・歴史的仮名遣いで表記されていたものを、読者の便をはかり、新字体・現代仮名遣いに変更した。
・詩に付された記号は平仄を示す。

○…平声　●…仄声　◎…押韻箇所（平声）

・「原案」詩から変更のあった字は、「完成」詩の該当箇所を▒で示した。書き下しと訳については、変更がごく一部で訳の違いがわかりにくいものには、適宜、「完成」詩の訳の該当箇所に傍線を付した。

石川忠久　漢詩の稽古

1　和語を用いない

海上夏雲

残○夏●来○遊○青○海●頭◎
潮○声○包○体●興●悠○悠◎
長○風○運●岸●漁○歌○起●
波○上●望○唯○雲○遠●浮◎

海上《かいじょう》夏雲《かうん》　H・C女

残夏《ざんか》 来遊《らいゆう》す 青海《せいかい》の頭《ほとり》
潮声《ちょうせい》 体《からだ》を包《つつ》みて 興《きょう》 悠悠《ゆうゆう》たり
長風《ちょうふう》 岸《きし》に運《はこ》ぶ 漁歌《ぎょか》の起《おこ》るを
波上《はじょう》 望《のぞ》めども唯《た》だ 雲《くも》遠《とお》く浮《う》かぶ

【訳】海の上に夏の雲／夏の末、青い海のほとりにやってきた。波の音が体を包み込み、そこはかとなく興趣が湧いてくる。沖合から遠く吹き寄せる風が岸に漁師たちの歌を届けてくる。遠くにはただ雲が浮かぶだけである。【語釈】**潮声**＝波の音。**興**＝興趣。おもしろみ。**悠悠**＝ゆっくりおちついている様子。**長風**＝遠くから吹いてくる風。

夏の終わりに海辺に遊び、のどかに海上に浮かぶ雲を詠じたもの。起句の「残夏」は、「残」の字がマイナスイメージを持つ語なので、ここは同じ意味で、単に遅い夏、の意の「晩夏」としよう。また「青海」は、大きな湖の固有名詞にも用いられるので、ここは「碧海」とする。次に、承句の「包体」という語に疑問が湧く。音が体を包むという表現に違和感があるし、そもそも「体を包む」という語自体が和語で、詩語として不自然なのである。ここは「満耳」（音が耳に満ちる）とすると、適切な漢語の表現となる。また、転句の「風」が何かを「運ぶ」という表現も和語。漢語の「運」字にはこのような用法はないので、ここも改める必要がある。

それを踏まえて、転句を見てみよう。「漁歌」は漁師の舟唄のことであるが、承句ですでに波の音（潮声）を詠じているので、これでは二種の音がぶつかり、それぞれの感動を相殺してしまう。ここは結句を生かすためにも、遠くの沖合の景色を描く、目で見る表現に改め、「征帆影尽水天際」（沖を行く帆掛け舟の影が、海と空とが接するあたりで消え去った）とする。こうすることによって、遠くの水平線上に浮かぶ雲が自然と目に入る、というお膳立てができ上がるのである。

肝心の結句であるが、「望唯」の二字が問題。漢語では、副詞は、動詞や形容詞の前に置くのが原則であるから、ここは上下の文字を入れ替えて「唯望」に改める。漢語の語法を無視しては漢詩にならないのである。

完成

海上夏雲

晩夏来遊碧海頭
潮声満耳興悠悠
征帆影尽水天際
波上唯望雲遠浮

海上夏雲《かいじょうかうん》

晩夏《ばんか》 来遊《らいゆう》す 碧海《へきかい》の頭《ほとり》
潮声《ちょうせい》 耳《みみ》に満《み》ち 興《きょう》 悠悠《ゆうゆう》たり
征帆《せいはん》 影《かげ》は尽《つ》く 水天《すいてん》の際《きわ》
波上《はじょう》 唯《た》だ望《のぞ》む 雲《くも》の遠《とお》く浮《う》かぶを

【訳】海の上に夏の雲／夏の末、海のほとりにやってきた。潮風が耳に心地よく、気持ちもゆったりとしてくる。去っていく船の姿は水平線に消えていった。その上を見れば、波の上にはただ雲が遠く浮かぶばかり。

直伝

何が和語かを見極めるには、漢詩・漢文を多く読み、字のはたらきを考え、その調子に慣れることが大切だ。その積み重ねによって、語感を磨くとよい。

2 和習の表現に気をつける

夏日偶成

日爍街衢欲断魂
追涼停歩憩幽園
乱蟬如雨満林響
隔絶市朝車馬喧

夏日偶成《かじつぐうせい》　G・J生

日《ひ》は街衢《がいく》を爍《や》きて魂《こん》を断《た》たんと欲《ほっ》す
涼《りょう》を追《お》い歩《ほ》を停《とど》めて幽園《ゆうえん》に憩《いこ》う
乱蟬《らんせん》　雨《あめ》の如《ごと》く　林《はやし》に満《み》ちて響《ひび》き
隔絶《かくぜつ》す　市朝《しちょう》の車馬《しゃば》の喧《けん》

【訳】夏の日の偶《たま》さかの作／太陽はじりじりと道路を焼きつけて、歩いていると気が遠くなりそうだ。そこで、ちょっと涼もうと思い、歩みをとめてひっそりとした公園で休むことにした。ところが園内の木々には到る所に蟬が鳴き、まさしく蟬時雨《せみしぐれ》。まったく都会の車の喧騒とは隔絶されて、街中《まちなか》にいることをしばし忘れるくらいだ。【語釈】**爍**＝金属を溶かすほどの高温で焼くこと。**街衢**＝大通り。**欲断魂**＝杜牧の「清明」に、「清明の時節雨紛々、路上の行人魂を断たんと欲す」とある。**幽園**＝人の知らない庭園。**市朝**＝市中。街中。**車馬喧**＝ひっきりなしに馬車や馬が往来するうるささ。ここでは多くの自動車の騒音。

真夏の日中、作者が東京の後楽園近くの公園で休んだ際に、耳を圧するものすごい蟬時雨に感動を覚えて作ったとのこと。しかし、いくら訪れる人がほとんどいなくとも、都会の公園を「幽園」と称するのはそぐわない。「小さな林園」程度にするのがよい。また、暑さをしのぐために木陰で休むことを「追涼」（涼を追う）と言うのも大袈裟すぎる。そこで承句の上四字は「停筇一避」（杖をつくのをやめてちょっと避難する）としてみた。「停筇」と言えば、それだけで歩くのをやめて休むことを簡潔に表現できる。

一方、転句・結句にも問題がある。作者は「乱蟬如雨」で雨音のように一斉に鳴き立てる蟬時雨を表現しようとしたのだが、これは「蟬時雨」という和語の漢字の字面に引きずられた和習《わしゅう》に近い。よって、ここには結句の「市朝」を持ってきて、「暫忘身在市朝裏」（今自分の身が都会の真ん中にいることをしばし忘れる）とし、蟬の声のうるささは結句に移す。いっそ「車馬の喧」と対比させて「蟬叫《せんきょう》の喧」（蟬の鳴き声のうるささ）とし、一句の中に同じ字を用いる句《く》中対《ちゅうつい》にすると面白い。そもそも原案の「隔絶」では「隔てられている」という状態をいうだけで、面白みに欠ける。蟬の声が車の音を掻き消すという方向にするのがよい。だが、「消音」（音を消す）は和語であり、この表現は使えない。そこで「無」に「なみす」（なくす、の意）という動詞の用法があることを利用して、「蟬叫の喧は無みす　車馬の喧」とする。これなら語呂も良し、良い詩ができた。

夏日偶成

日爍街衢欲断魂
停筇一避小林園
暫忘身在市朝裏
蟬叫喧無車馬喧

夏日偶成《かじつぐうせい》

日《ひ》は街衢《がいく》を爍《や》きて魂《こん》を断《た》たんと欲《ほっ》す
筇《つえ》を停《とど》めて一《ひと》たび避《さ》く　小林園《しょうりんえん》
暫《しばら》く忘《わす》る　身《み》は市朝《しちょう》の裏《うち》に在《あ》るを
蟬叫《せんきょう》の喧《けん》は無《な》みす　車馬《しゃば》の喧《けん》

【訳】夏の日の偶さかの作／太陽はじりじりと道路を焼きつけて、歩いていると気が遠くなりそうだ。そこで歩みをとめて、樹木の豊かな小さな公園でちょっと暑さを避けることにした。この園内にいると、今自分の身が都会の真ん中にいることをしばし忘れてしまう。園内の蟬時雨のやかましさは、都会の車の喧騒を掻き消してしまうほどであるから。

3 場面に合った描写をする

原案

夏日山行

杖策高吟過老松
周遭石磴入雲峰
山行十里清涼界
不識鏘鏘何処鐘

夏日山行《かじつさんこう》　K・A女

策《つえ》に杖《よ》りて高吟《こうぎん》し老松《ろうしょう》を過《す》ぐ
周遭《しゅうそう》石磴《せきとう》雲峰《うんぽう》に入《い》る
山行《さんこう》十里《じゅうり》清涼界《せいりょうかい》
識《し》らず鏘鏘《そうそう》たるは何処《いずこ》の鐘《かね》ならん

【訳】夏の日の山歩き／杖を頼りに声高らかに詩をうたい、松の古木をよぎる。取り巻く石の階段は雲のかかった峰まで続いている。十里ほど山歩きをすると、涼しい世界にたどりついた。鐘の音がするが、一体どこの鐘なのだろうか。【語釈】**高吟**＝声高らかに詩をうたう。**周遭**＝取り巻く。**石磴**＝石の階段。**雲峰**＝雲のかかっている高い山。**里**＝長さの単位。一里は約五百メートル。**鏘鏘**＝金属がぶつかる音。

推敲

これは夏の日の山歩きを詠んだ作品だが、ところどころに問題点がある。起句でいきなり「高吟」としてしまっては、山中の静かな雰囲気にそぐわない。また林の中を歩いているのに、なぜ

「過老松」と詠《うた》うのだろうか。ほかにも木はたくさんあるはずで、老いた松だけを詠う必然性はない。承句の「周遭」は、ぐるりと囲む意であり、石の階段が周りを取り囲むとはどのような状況であろうか。よく意味が通じない。結句の「錚錚」は、琴の音色などに用い、鐘の音の形容には用いないものだ。鐘の音ならば「殷殷《いんいん》」（長く余韻のある音の形容）が妥当である。

以上を指摘したところ、次のような改訂稿が出された。

夏日山行

碧樹微吟曳短笻
攲傾石磴入雲峰
山行十里清涼界
殷殷不知何処鐘

夏日山行《かじつさんこう》

碧樹《へきじゅ》 微吟《びぎん》 短笻《たんきょう》を曳《ひ》く
攲傾《きけい》せる石磴《せきとう》 雲峰《うんぽう》に入《い》る
山行《さんこう》 十里《じゅうり》 清涼界《せいりょうかい》
殷殷《いんいん》 知《し》らず 何処《いずこ》の鐘《かね》ならん

【訳】夏の日の山歩き／緑の林の中を小声で吟じながら、短い杖を頼りにして歩いて行く。斜めに傾いた石の階段は雲のかかった峰まで続いている。十里ほど山歩きをすると、涼しい世界にたどりついた。鐘の音がするが、一体どこの鐘なのだろうか。

推敲

右の改案は、起句、上の「碧樹」と下とのつながりが悪い。たとえば「樹下」と場所を指定するような語がくれば、下とのつながりはよくなる。

承句の「攲傾石磴」が「雲峰に入る」というのもおかしい。寺の中ならともかく、山道にどこまでも石の階段があるわけはなかろう。さらに言えば、「夏日山行」という題でありながら、全体にあまり夏らしさが感じられない。暑い夏に山に入ることで、初めて転句の「清涼界」が実感されるのである。そこに涼しい風が吹いていれば清涼感は増幅される。そして承句は作者が山に入っていく場面、転句は風が吹く場面にするのが自然でよかろう。

これらの指摘を受けて再提出されたのが次の改訂稿である。おおむね指摘を踏まえた修正がなされており、まずはすんなり読める穏当な作となった。承句の「十里入雲峰」（十里雲峰に入る）は、『唐詩選』に載せる王維「香積寺」に、「数里入雲峰」（数里雲峰に入る）とあるのを踏まえた形になり、味わいが加わった。

夏日山行

杖策山行樹影濃
逍遥十里入雲峰
好風吹遍清涼界
殷殷不知何処鐘

夏日山行《かじつさんこう》
策《つえ》に杖《よ》りて山行《さんこう》すれば　樹影濃《じゅえいこま》やかなり
逍遥《しょうよう》　十里《じゅうり》　雲峰《うんぽう》に入《い》る
好風《こうふう》吹《ふ》き遍《あまね》し　清涼界《せいりょうかい》
殷殷《いんいん》　知《し》らず　何処《いずこ》の鐘《かね》ならん

【訳】夏の日の山歩き／杖を頼りに山歩きをすれば、樹木の影が濃い。ぶらぶらと十里ほど歩くと、雲のかかった峰にたどりついた。かすかな風が吹き、辺り一面が涼しい世界となった。ゴーンゴーンと鐘の音がするが、どこの鐘なのか（雲の中にいるために）わからない。

直伝

町中とは異なる、山中の静けさ、清涼感をどのように詠うか。必要のないもの、そぐわないものを切り捨てて舞台装置を作る。

原案

4 生かし切れない趣向はあきらめる

秋日遊函嶺

客衣信歩意悠悠
錦繍如燃函嶺秋
一碧蘆湖千壑裏
仙郷更欲凝吟眸

秋日函嶺《しゅうじつかんれい》に遊《あそ》ぶ　K・A女

客衣《かくい》　歩《ほ》に信《まか》せれば　意《い》　悠悠《ゆうゆう》
錦繍《きんしゅう》　燃《も》ゆるが如《ごと》し　函嶺《かんれい》の秋《あき》
一碧《いっぺき》の蘆湖《ろこ》　千壑《せんがく》の裏《うち》
仙郷《せんきょう》　更《さら》に吟眸《ぎんぼう》を凝《こ》らさんと欲《ほっ》す

【訳】秋に、箱根に遊ぶ／たびごろもを着て足の赴《おもむ》くままに歩き、のんびりした気分を味わう。錦のようなもみじが燃えるように赤い、箱根の秋。一面に碧《あお》色をした芦《あし》ノ湖《こ》は多くの谷の中にある。仙郷で、詩を作りつつ風景を眺めたいと思う。【語釈】**函嶺**＝神奈川県と静岡県にまたがる箱根山のこと。**客衣**＝たびごろも。旅装。**錦繡**＝錦と、縫い取りのある着物。**蘆湖**＝箱根山にある芦ノ湖のこと。**千壑**＝数多くの谷。**仙郷**＝仙人のいる世界。**吟眸**＝詩人のまなざし。

秋の日中、紅葉の美しい箱根に遊んだことを詠じたものであるが、詩の内容から言えば、箱根の芦ノ湖を中心に詠っている。そこで詩題に「蘆湖」を入れ、起句に箱根らしさの出る表現を入れるようにする。それに伴って承句の「函嶺秋」のところは、やや面白みにも欠けることだし、別の表現に変える。

だがこの作品の一番の問題点は、結句の「欲凝吟眸」である。作者は「詩を作りつつ風景を眺めたい」の意に取ってほしいようだが、そうは読めない。「凝吟眸」とは、「詩人のまなざしを凝らす」ことであって、詩を作ることを言いたいのならば、それに相当する表現を追加せねばならない。以上の問題点を指摘して作者に戻したところ、次のような改訂稿が提出された。

遊函嶺蘆湖

清風水上棹歌幽
錦繍如燃映客楼
一碧蘆湖千壑裏
仙郷更欲試仙遊

函嶺《かんれい》の蘆湖《ろこ》に遊《あそ》ぶ

清風《せいふう》 水上《すいじょう》 棹歌《とうか》幽《ゆう》なり
錦繍《きんしゅう》 燃《も》ゆるが如《ごと》く客楼《かくろう》に映《えい》ず
一碧《いっぺき》の蘆湖《ろこ》 千壑《せんがく》の裏《うち》
仙郷《せんきょう》 更《さら》に仙遊《せんゆう》を試《こころ》みんと欲《ほっ》す

【訳】箱根の芦ノ湖に遊ぶ／芦ノ湖の水の上には清らかな風が吹き、舟唄がかすかに聞こえる。燃えるように赤いもみじが、湖畔に立ち並ぶ旅館と照り映えている。一面に碧色をした芦ノ湖は多くの谷の中にある。このような仙界にやって来たからには、さらに仙界の遊びを試みたいものである。

推敲

同じ韻を用いつつ、前回指摘した箇所を作者なりに修正してきたのではあるが、その修正案は妥当であろうか。結句で「仙郷」「仙遊」と述べるためには、起句・承句に仙郷を想像させる描写を設けるべきである。芦ノ湖一帯を仙郷になぞらえておきながら、「客楼」（旅館）があるのはおかしいいし、興醒めでもある。承句の「客楼」は「玉楼《ぎょくろう》」（宝玉でできた楼閣）などと改めるのがよかろう。

右の点を指摘して作者に今一度再考を促したのだが、どうやら箱根を仙郷のように詠うというアイデアを生かし切れなかったらしい。次のような、大幅に改めた改訂稿が提出された。原案と見比べると、転句以外は全面改訂というありさまではあるが、芦ノ湖で船遊びをしつつ、周りの紅葉を十分堪能したという構成はよくまとまり、美しい詩ができた。推敲に推敲を重ねたかいがあったと言えよう。実は、起句の下三字は、「発軽舟」（軽舟を発す）としてあったが、ここから旅に出かける気分になって、この場にそぐわないので、最終的に左の完成稿のように改めた。

遊函嶺蘆湖

金風吹袂棹桂舟
四面霜楓興自幽
一碧蘆湖千嶽裏
従容看尽満山秋

函嶺《かんれい》の蘆湖《ろこ》に遊《あそ》ぶ

金風《きんぷう》 袂《たもと》を吹《ふ》き 桂舟《けいしゅう》に棹《さお》さす
四面《しめん》の霜楓《そうふう》 興《きょう》 自《おのずか》ら幽《ゆう》なり
一碧《いっぺき》の蘆湖《ろこ》 千嶽《せんがく》の裏《うち》
従容《しょうよう》として看尽《みつく》す 満山《まんざん》の秋《あき》

【訳】箱根の芦ノ湖に遊ぶ／秋の風が袂を吹くなか、美しい舟を漕ぎ出す。霜で紅葉した楓《かえで》に囲まれると自然と奥深い趣を感じる。一面に碧色をした芦ノ湖は多くの山の中にある。ゆったりと山いっぱいの秋を見尽くす。

直伝

場面にそぐわない表現を避ける。

5 起句と結句を呼応させる

原案

山路観楓

満目余霞一径通
勝花濃淡染霜風
遥看千尺飛泉下
墜葉不休斜照中

山路観楓《さんろかんぷう》　H・T生

満目《まんもく》の余霞《よか》　一径《いっけい》通《つう》じ
花《はな》に勝《まさ》る濃淡《のうたん》　霜風《そうふう》に染《そ》まる
遥《はる》かに看《み》る　千尺《せんじゃく》の飛泉《ひせん》の下《くだ》るを
墜葉《ついよう》は休《や》まず　斜照《しゃしょう》の中《うち》

【訳】山路をたどりながら紅葉を観る／見渡す限り広がる紅葉の中に一本の小道が通じている。春の花にもまさる紅葉の濃淡の色は霜の降りる時節の寒風に当たって染まったものだ。遠くに高く滝の掛かっているのが見える。夕日が斜めに照らすなか、紅葉は散ることを止《や》めない。【語釈】**満目**＝目に見える限り。**余霞**＝一面に広がっている霞。紅葉のたとえ。**霜風**＝霜の降りる時節の寒風。**飛泉**＝滝。**墜葉**＝落葉。**斜照**＝斜めに照らす夕日。

山道を歩きながら秋の紅葉を愛でるという作。詩の前半は山全体の紅葉とその美しさを詠じ、詩の後半では滝の落ちるのと歩調を合わせるかのごとく、はらはらと止めどなく散り落ちる紅葉の儚《はかな》いまでの美しさを詠じるという二段構えの構成になっている。

作者は結句「墜葉は休《や》まず」のために、承句で「霜風」という「風」を出して紅葉が散り落ちる伏線としているつもりなのであろうが、果たして本当にその伏線となっているのだろうか。この「霜風」は紅葉を染めた風であり、今その場で吹いているわけではない。やはり今実際に紅葉を吹き落としている「風」が必要であろう。

このような観点で原案を再吟味してみると、「風」の字は、首尾（起句と結句）の呼応、という点で、起句で用いるのが最も効果的。原作の「一径通」（一本の小道が通じている）では、奥行きを表現するが、高さは出ない。後半の景を導く眺望を引き出すため、「石磴登来」とし、高いところへ登り、そこで「吹面風」（面《おもて》を吹く風）と、風を出す。承句は高みへ登って、望み見た景。原案の「余霞」を生かして、「余霞重畳勝花紅」（紅葉が幾重にも重なり合って、春の花よりもすばらしい紅《くれない》の色を呈している）としよう。

紅葉の色をイメージさせる言葉を意図的に重ねて用いることで、紅葉の色彩感を強調するのである。

山路観楓

石磴登来吹面風
余霞重畳勝花紅
遥看千尺飛泉下
墜葉不休斜照中

山路観楓《さんろかんぷう》

石磴《せきとう》登《のぼ》り来《き》たれば　面《めん》を吹《ふ》く風《かぜ》
余霞《よか》重畳《ちょうじょう》　花《はな》に勝《まさ》りて　紅《くれない》なり
遥《はる》かに看《み》る　千尺《せんじゃく》の飛泉《ひせん》の下《くだ》るを
墜葉《ついよう》は休《や》まず　斜照《しゃしょう》の中《うち》

【訳】山路をたどりながら紅葉を観る／石の小路を登って高い所へ出ると、風が顔を吹く。見れば紅葉が幾重にも重なり合って、春の花よりも素晴らしい紅の色を呈している。遠くには高く滝の掛かっているのが望まれる。夕日が斜めに照らすなか、紅葉は散ることを止めない。

直伝

起句（首）と結句（尾）の呼応。たとえば、『唐詩選』に載せる常建の「塞下曲《さいかのきょく》」を例に引くと、

北海陰風動地来
明君祠上望龍堆
髑髏尽是長城卒
日暮沙場飛作灰

北海《ほっかい》の陰風《いんぷう》　地《ち》を動《うご》かして来《きた》る
明君祠上《めいくんしじょう》　龍堆《りょうたい》を望《のぞ》む
髑髏《どくろ》尽《ことごと》く是《こ》れ長城《ちょうじょう》の卒《そつ》
日暮《にちぼ》沙場《さじょう》　飛《と》んで灰《はい》と作《な》る

【訳】北海の暗い風が地をゆり動かすように吹いてくるなか、王昭君のほこらのあたりから、匈奴の龍堆の方を望み見る。あたりに散らばるドクロは、みな万里の長城の兵士のものだ。日の暮れ方、沙漠の上を（風に吹かれ）灰となって飛ぶのだ。

傍点を付した起句の「陰風」が、結句のものすごい状況（ドクロが灰となって飛ぶ）を引き起こすはたらきをしている。首尾相応じている例。

6 前半で舞台を整え、後半の情を引き出す

冬夜独酌

大寒風雪満窓霜
冷気侵肌夜正長
不耐擁爐開濁酒
酔中心自到仙郷

冬夜《とうや》独酌《どくしゃく》　N・A女

大寒《たいかん》の風雪《ふうせつ》　満窓《まんそう》の霜《しも》
冷気《れいき》　肌《はだ》を侵《おか》して夜正《よるまさ》に長《なが》し
耐《た》えず　爐《ろ》を擁《よう》して濁酒《だくしゅ》を開《ひら》く
酔中《すいちゅう》　心《こころ》は　自《おのずか》ら仙郷《せんきょう》に到《いた》る

【訳】冬の夜のひとり酒／大寒の時節に大吹雪が起こり、窓にはびっしりと霜がはりついている。そんな時は、冬の冷え冷えとした空気が肌にしみ入り、夜が本当に長く感じられる。寒さに耐えられずに、火鉢にあたりながら濁り酒の壺を開けけば、ほろ酔い気分の中で、心は自然に俗世間を離れて仙人のいる世界に遊べるかのような心地になるのだ。【語釈】**大寒**＝二十四節気の一つ。一年中で寒さが最も厳しい時期で、旧暦では十二月半ば頃、新暦では一月二十日頃。**擁爐**＝火鉢に当たる。

この詩は、冬の夜に一人酒を飲んで暖を取る様子を詠じたもの。まず起句に問題あり。「大寒風雪」とあっても、この「大寒」が二十四節気の「大寒」をさしているのか、「大変寒い」という意味の語なのかがわかりにくい。さらに「風雪」と「霜」とは同種のものであり、一句の中に似たようなものを混在させては詩としての味わいが薄くなる。ここは、窓一杯に降りた霜に焦点を絞ってこれを際立たせるようにする工夫が必要。そこで上四字を「月輪斜照」(月の光が斜めに照らす)と改め、月光によって霜がきらきらと輝いている様子を表すようにすれば、ぐっと印象的な場面となるのである。

転句も原案のままでは落ち着きが悪い。冒頭の「不耐」は、訳に「寒さに耐えられず」とあるように、一句前の承句をうける言葉として作者は用いている。しかしこのままでは、「不耐」は下の句にかかり、「爐を擁し濁酒を開くのに耐えられない」と、反対の意味になってしまう。そこで「不耐」を「最好」(最も好《よ》し)と改めよう。こうすれば、寒い時に暖を取るにはこれが最良だと強調できる。また、樽を開くならともかく、「酒」を「開」くというのもおかしい。ここは実際に酒を酌むことにして動きを出すとよい。ただし「酌」字は仄声であり、これを用いると下三連(仄三連)になってしまうので、平声の「斟」(音　シン)字を用いる。最後に、結句の「心自」では今一つパンチが足りない。ここは「不覚」(いつの間にか)に改め、酒を飲んでいると知らず識らずのうちに仙郷に遊ぶ心地となる、という方向にするのがよかろう。

完成

冬夜独酌

月輪斜照満窓霜
冷気侵肌夜正長
最好擁爐斟濁酒
酔中不覚到仙郷

冬夜《とうや》独酌《どくしゃく》

月輪《げつりん》 斜《なな》めに照《て》らす 満窓《まんそう》の霜《しも》
冷気《れいき》 肌《はだ》を侵《おか》して夜正《よるまさ》に長《なが》し
最《もつと》も好《よ》きは爐《ろ》を擁《よう》して濁酒《だくしゅ》を斟《く》む
酔中《すいちゅう》覚《おぼ》えずして 仙郷《せんきょう》に到《いた》る

【訳】 冬の夜のひとり酒／月の光が窓いっぱいに降りた霜を照らせば、冬の冷え冷えとした空気が肌にしみ入り、夜が本当に長く感じられる。そんな時に寒さを凌ぐ最もよい方法は、火鉢にあたりながら、そこで温めた濁り酒を飲むことだ。そうすれば酔った中、いつの間にか自然に俗世間を離れて仙人のいる世界に遊べるかのような心地になるのだ。

直伝

前半は舞台装置。与えられた題意に添い、季節、時刻、場所などを按配して、後半の情を引き出す用意をする。

7 作中人物に不自然な行動をさせない

初冬偶成

新寒歩歩撫孤松
冷気侵肌暮靄封
夜半幾何天醸雪
新粧玉樹洗塵胸

初冬偶成《しょとうぐうせい》　K・A女

新寒《しんかん》 歩歩《ほほ》 孤松《こしょう》を撫《ぶ》す
冷気《れいき》 肌《はだ》を侵《おか》して 暮靄《ぼあい》封《ふう》ず
夜半《やはん》 幾何《いくばく》 天《てん》 雪《ゆき》を醸《かも》す
新粧《しんしょう》の玉樹《ぎょくじゅ》 塵胸《じんきょう》を洗《あら》う

【訳】冬の初めにたまたまできたうた／新たに寒くなった時節、庭を一歩一歩歩いて一本の松を撫《な》でる。冷気は肌を刺し、辺りは暮れ方のもやに覆われている。その日の夜、一体どれほど天は雪を作り出したのだろうか。庭の木は新たに雪をかぶって玉の木の装いに変わり、俗塵にまみれた心を洗い清めてくれた。【語釈】**撫孤松**＝東晋の陶淵明の「帰去来兮辞《ききょらいのじ》」に「孤松を撫して盤桓《ばんかん》す」とあるのを踏まえる。**玉樹**＝白玉《はくぎょく》の木。雪をかぶった樹木をさす。**塵胸**＝俗世の塵にまみれた胸のうち。

この作品の一番の問題は、起句の「歩歩撫孤松」であろう。語釈にもあるように、「撫孤松」は陶淵明の「帰去来兮辞」を踏まえるのだが、これは陶淵明が自宅の庭を歩き回るうちに日が暮れて、なお一本松を撫でつつ、その場を立ち去りかねていることを言う。ところがこの詩では主人公が歩きながら松を撫でるという、いかにも不自然な行動をしている。ここは原典の世界に立ち返り、歩き回るのではなくたたずむ方向に改め、「庭前延佇《ていぜんえんちょ》」（庭の前でたたずむ――「庭前」は「前庭」と意味同じ。「庭で」ぐらいの意）としよう。大体、初心者が漢詩を作る場合、往々にして詩語集から一つ一つ言葉を選んで各所に当てはめて作るのであるが、その場合はそれらの詩語がどの詩から採られたのか、どのような文脈で使われているのかをぜひとも調べてほしい。用法を丁寧に確認することで、より適切な応用ができるのである。

後半は、朝になってから雪が降ったことに気がついたという趣向にしたほうが面白い。そこでまず転句の「幾何」を「不知」（知らず）に改め、結句の「新粧」を「朝来」（朝になって）に改める。そもそも「新粧」とは女性の化粧を表す語であり、起句の「孤松」のかもすイメージに合わない。それに、起句の「新寒」の「新」と同字相犯《どうじそうはん》（同じ字を二度用いる）にもなっている。また、最後の「塵胸を洗う」も、「清容を見る」ぐらいにあっさり詠ったほうがよい。

初冬偶成

庭前延佇撫孤松
冷気侵肌暮靄封
夜半不知天醸雪
朝来玉樹見清容

初冬偶成《しょとうぐうせい》

庭前《ていぜん》 延佇《えんちょ》して 孤松《こしょう》を撫《ぶ》すれば
冷気《れいき》 肌《はだ》を侵《おか》して 暮靄《ぼあい》封《ふう》ず
夜半《やはん》 知《し》らず 天《てん》 雪《ゆき》を醸《かも》すを
朝来《ちょうらい》 玉樹《ぎょくじゅ》 清容《せいよう》を見《み》る

【訳】冬の初めにたまたまできたうた／庭にたたずみ一本の松を撫でると、冷たい空気が肌につきささり、夕方のもやが辺りを覆う。夜に天が雪を作り出したのを知らないままでいた。朝、雪化粧をした美しい樹を見ると、俗塵にまみれた胸が洗われる。

8 理屈に合わない発想は慎む

南山余雪

南○窓○爛●爛●月●明○中◎
開○望●山○陰○凍●未●融◎
趺○坐●不○言○流○水●響●
忘○眠○静●聴●幸●茲○窮◎

南山余雪《なんざんよせつ》　H・C女

南窓《なんそう》　爛爛《らんらん》たり　月明《げつめい》の中《うち》
開《ひら》きて山陰《さんいん》を望《のぞ》めば凍《こおり》未《いま》だ融《と》けず
趺坐《ふざ》し言《い》わざれば　流水響《りゅうすいひび》く
眠《ねむ》るを忘《わす》れ静聴《せいちょう》すれば　幸《さいわい》　茲《ここ》に窮《きわ》まる

【訳】南山に残った雪／南の窓は月明かりに照らされてきらきらと輝いている。窓を開いて山の北側を眺めると、氷がまだ解けずに残っている。黙って座っていると雪解けの音が聞こえる。眠るのを忘れて静かに聞いていると幸せな気持ちになった。【語釈】**爛爛**＝耀くさま。**山陰**＝山の北側。山の北側は太陽が当たらないことから「陰」という。山の南側は太陽が当たることから「陽」という。〔補説〕中国の地勢上、川は西から東へ、山の間を流れることから、山の北は川の南に、山の南は川の北になるので、川の北を「河陽」、川の南を「河陰」という。（例えば、「淮陰」と言えば、淮河の南、になる。）**趺坐**＝僧が足を組み、足の甲を反対側の腿の上に乗せて座ること。

この詩題は、『唐詩選』に収められる祖詠《そえい》の五絶「終南望余雪」（終南余雪《しゅうなんよせつ》を望む）をふまえたもの。「終南」は唐の都長安の南に聳《そび》える終南山。その山に残る雪を望み見るという詩題が科挙で出され、祖詠はわずか二十字の五言絶句で詠じた（十～十二句の律詩で詠ずるのがきまり）。

さて、右の詩を見てみると、前半はまあよいとして、後半は問題だ。山の雪はいつの間にか忘却され、なぜか夜中に座禅を組み、雪解け水の流れる音を静かに聞いていると幸せな気持ちになったという。いかにも唐突な感じを与える展開だ。理屈に合わない独りよがりな発想は慎まなければならない。特に最後の「幸茲窮」はまったく意味をなさない。「幸」字は「さいわいに」という副詞で用いるのが通例であり、「幸」一字で「さいわい」という名詞に用いるのは無理である。そこで起句を結句に据えて、山の雪を望み見るという状況を順を追ってスケッチするように作り直すことを作者に求めたところ、全面的に改めて次のような完成作となった。これでまずまず筋が通った。

なお、承句の「残夜」（夜が終わって朝が近い時刻をさす）は、作者の改稿で「春夜」とあったものを、さらに改めたもの。「春夜」の語の持つ、暖かな、ローマン的な気分が邪魔になる。なお、杜甫の「月」に、「四更山吐月、残夜水明楼」（四更 山 月を吐き、残夜 水 楼に明るし）の句がある。

南山余雪

草廬夢覚四更風
残夜深沈思不窮
坐望山陰猶雪白
南窓爛爛月明中

南山余雪《なんざんよせつ》

草廬《そうろ》 夢《ゆめ》は覚《さ》む 四更《しこう》の風《かぜ》
残夜《ざんや》 深沈《しんちん》 思《おも》い窮《きわま》らず
坐《ざ》して山陰《さんいん》を望《のぞ》めば 猶《な》お雪《ゆき》は白《しろ》し
南窓《なんそう》 爛爛《らんらん》たり 月明《げつめい》の中《うち》

【訳】南山に残った雪／草葺《くさぶ》きの庵《いおり》で寝ていた私は夜明け前に目が覚めてしまった。夜はふけゆき、様々な思いが湧いてくる。寝室に座ったまま山の北側を望み見れば、まだ白い雪に覆われ、南の窓は月明かりに照らされてきらきらと輝いている。

原案

9　起句・承句の流れを練る

夜思

深○更○眠○不●就●
酌●酒●仰●天○頻◎
多○恨●向●誰○語●
残○燈○影●伴●身◎

夜思《やし》　N・A女

深更《しんこう》　眠《ねむ》り就《な》らず
酒《さけ》を酌《く》んで天《てん》を仰《あお》ぐこと頻《しき》りなり
多恨《たこん》　誰《たれ》に向《むか》って語《かた》らん
残燈《ざんとう》　影《かげ》　身《み》に伴《ともな》う

【訳】夜の思い／夜更けになっても寝つけず、酒を飲んでは天を仰いでため息をつくばかり。この心のうちの様々な恨みを、誰に語ればよいのだろうか。今にも消え入りそうな燈火《ともしび》を前にして、影が我が身に寄り添うさまを映し出すばかりだ。　【語釈】**多恨**＝うらみや悲しみの心が尽きないこと。**残燈**＝消えかかったともしび。**影伴身**＝白居易「邯鄲冬至夜思家」（邯鄲《かんたん》にて冬至の夜に家を思う）の「邯鄲駅裏逢冬至、抱膝燈前影伴身」（邯鄲駅裏《かんたんえきり》　冬至に逢う、膝を抱えて　燈前《とうぜん》　影　身《み》に伴《ともな》う）を踏まえる。

悔恨の情にさいなまれ、寝室で一人孤独をかこつ様子を詠う詩。作者は女性であるが、詩には女性の影はなく、いわゆる「閨怨詩《けいえんし》」の雰囲気はない。

起句「深更」は、意味は同じだが、「更深」（更深《ふ》けて）の方がよいだろう。杜甫に「更深気如縷」（更深けて 気 縷《いと》の如し）の句がある。

この詩の問題点は承句にある。それは、部屋の中で酒を酌みつつ天を仰ぐという、いかにも不自然な行動を詠うことである。「天を仰ぐ」のであれば外に出なければならない。起句でなかなか寝つけないことを言っているのだから、承句はその「寝つけない」ことをうけて、「寝床より起きあがって」しきりに酒を飲む、という方向に仕立て直すのがよい。そこで上二字を「起坐」（起きあがって座る）に改め、酒を酌むことをその下に持っていく。その際には、「酒」字は仄声なので、平声の「醪《ろう》」（濁り酒）に改めるとよい。

「自然な行動であるか」「起句からの流れが生きているか」の二点から承句を再検討してみたが、起句と承句をより自然な流れにすることによって、詩全体がまとまったと言えるだろう。

夜思

更○深○眠○不●就●
起●坐●酌●醪○頻◎
多○恨●向●誰○語●
残○燈○影●伴●身◎

夜思《やし》

更《こう》深《ふ》けて 眠《ねむ》り就《な》らず
起《き》坐《ざ》して醪《ろう》を酌《く》むこと頻《しき》りなり
多《た》恨《こん》 誰《たれ》に向《むか》って語《かた》らん
残《ざん》燈《とう》 影《かげ》 身《み》に伴《ともな》う

【訳】夜の思い／夜更けになっても寝つけず、寝床より起きあがって、しきりに酒を飲む。この心のうちのさまざまな恨みを、誰に語ればよいのだろうか。今にも消え入りそうな燈火を前にして、影が我が身に寄り添うさまを映し出すばかりだ。

直伝

漢詩は〈起・承・転・結〉の構成が基本である。ひとまず全ての句ができ上がったら、今一度全体の流れを確認してみよう。各句がそれぞれ次の句への布石となっているか、この点に留意して推敲を重ねることこそ上達の道である。

10 適切な語に改め韻を換える

原案

日本刀

刀○身○如○鏡●又●如○霜◎
猶○有●名○工○意●匠●芳◎
応○是●戦●時○妖○気●起●
紅○氷○馬●上●照●朝○陽◎

日本刀《にほんとう》 W・M生

刀身《とうしん》 鏡《かがみ》の如《ごと》く 又《ま》た霜《しも》の如《ごと》し
猶《な》お 名工《めいこう》 意匠《いしょう》の 芳《かんば》しき有《あ》り
応《まさ》に是《こ》れ 戦時《せんじ》 妖気起《ようきお》こり
紅氷《こうひょう》 馬上《ばじょう》 朝陽《ちょうよう》を照《て》らすべし

【訳】日本刀／刀身は鏡のようでもあり、また霜のようでもあり、今なお名工の素晴らしい意匠を保っている。このような名刀だから、きっと戦の時には妖気がたちのぼって人をやすやすと斬り、帰還する朝には血が紅の氷となって、馬上でキラキラと日に輝いたに違いない。【語釈】紅氷＝氷った血。明《みん》の徐渭《じょい》の「龕山《がんざん》凱歌《がいか》九首」其四に、「朝来道上看帰騎、一片紅冰冷鉄衣」（朝来《ちょうらい》 道上《どうじょう》 帰騎《きき》を看《み》れば、一片《いっぺん》の紅氷《こうひょう》 鉄衣《てつい》に冷ややかなり）とあるのを踏まえる。

これは、作者が千葉県立中央博物館大多喜城分館で日本刀を見た時の作だという。

初案では転句は、「吸血何時曇一点」（血を吸うは何《いず》れの時ぞ　一点曇る）であったが、結句の「紅氷」を生かすためには、これより先に転句で「血」を言わないほうがよい。また「曇」は、漢語ではもっぱら梵語の音訳に宛てる字であり、「くもり」「くもる」の意で用いるのは和習である。そこで作者に再考を求めたところ、右のような詩となった。それでもまだすっきりしない。

この詩の一番の問題点は結句である。これでは意味が通りにくい。訳がなければ、大方の読者には何を言っているのかわからないであろう。「朝陽馬上照紅氷」（朝陽　馬上　紅氷を照らす）ならば理屈がすんなりと通る。そこで、荒療治として韻字を「氷」字（蒸韻）に代えてみる。これに伴って、ほかの韻字も蒸韻から選び直し、まず起句の下三字「又如霜」を「気稜稜」に代える。「稜稜」とは、角立つさま、寒々しいさま。六朝・宋の鮑照《ほうしょう》の「蕪城《ぶじょう》の賦《ふ》」に「稜稜たる気」とある。次に承句の「芳」を「凝」（こる。こらす、成る、の意がある）に代えると、各句ピッタリと合うようになった。また、承句の韻字に「凝」という動詞を用いたので、二字目の「有」は「見」のほうがよいだろう。

完成

日本刀

刀身如鏡気稜稜
猶見名工意匠凝
応是戦時妖気起
朝陽馬上照紅氷

日本刀《にほんとう》

刀身《とうしん》 鏡《かがみ》の如《ごと》く 気《き》 稜稜《りょうりょう》
猶《な》お見《み》る 名工《めいこう》 意匠《いしょう》の凝《こ》るを
応《まさ》に是《こ》れ 戦時《せんじ》 妖気《ようき》起《お》こり
朝陽《ちょうよう》 馬上《ばじょう》 紅氷《こうひょう》を照《て》らすべし

【訳】日本刀／刀身は鏡のようでもあり、寒々しい気配を放っている。今なお意匠を凝らした名工の腕前を見ることができるのである。このような名刀だから、きっと戦の時には妖気がたちのぼって人をやすやすと斬り、馬上で朝日を浴びて、血の滴る刀は赤い氷のようにキラキラと輝いたに違いない。

直伝

意味の通りが悪いときは、思い切って韻を変えてみる。

11 内容に合わせて題を変える

雨中暁臥

梅霖入夜雨風斜
高士悠悠独煮茶
暁憶閑人猶有事
撥簾漫摘紫陽花

雨中暁臥《うちゅうぎょうが》　K・A女

梅霖《ばいりん》 夜《よる》に入《い》りて 雨風《うふう》 斜《なな》めなり
高士《こうし》 悠悠《ゆうゆう》 独《ひと》り茶《ちゃ》を煮《に》る
暁《あかつき》に憶《おも》う 閑人《かんじん》 猶《な》お事《こと》有《あ》るを
簾《すだれ》を撥《かか》げ 漫《みだ》りに摘《つ》む 紫陽花《しょうか》

【訳】雨の中、明け方に横になって／梅雨は夜まで降り続き、雨や風は斜めに吹きつける。高尚の士はのんびりとひとり茶を煮る。明け方、ひま人にも仕事があることを思い出した。それは、すだれをかかげて紫陽花を気ままに摘むこと。【語釈】**梅霖**＝梅雨。霖は長雨のこと。**閑人**＝ひまな人。なお、この詩は唐の韓《かん》偓《あく》「即目《そくもく》」に「須信閑人有忙事　早来衝雨覓漁師」（須《すべか》らく信ずべし 閑人《かんじん》に忙事《ぼうじ》有るを／早来《そうらい》 雨を衝《つ》いて漁師を覓《もと》む——閑人は閑人なりに、雨の中、酒の肴を求めに漁師を訪ねるのに忙しい）とあるのを踏まえる。**漫**＝ほしいままに。

　ある年の六月の会で、「雨中暁臥」という題を課してみた。そこで提出された作品の一つが本詩である。「雨中暁臥」とは「雨が降る中の朝寝」の意。梅雨の時節、連日の雨模様で早起きするのがおっくうな状況を詠ずるものと期待していたが、どうも詩題の意味があまり飲み込めていないようで、雨の夜に室内で茶を沸かし、翌朝庭に出て紫陽花の花を摘んで来るという、隠者風の生活を詠じてきた。詠う内容が詩題からそれたなら、いっそ詩題を変えたほうが手っ取り早い。そこで題を「梅天閑詠」と代えて、詩の内容との一致を図ることにする。

　「梅霖」は「しとしとと降る梅雨《つゆ》の長雨」の意。その長雨が「入夜」（夜に入って）、雨風が斜めに（強く）降る、というのはおかしい。また「梅霖」と「雨風」は意味が重複する。そこで、「梅霖」を「梅天」とし、「入夜」を「旬日」（十日間）に代え、〝長雨〟の意をはっきりさせ、下三字は、同じ「麻」韻の「麻」の字を用い、「雨如麻」（雨麻の如し）とする。雨がしきりに降り、止まない、の意となり、上四字とうまくつながる。承句の「高士」は、転句の「閑人」と同様の気味を持つ語で、重複の嫌いがある。ここは、閑人にふさわしい場所を特定する。たとえば「茅屋」などの語を用いるのがよい。

　転句の原案「暁憶」は「早朝に思い出す」という妙な表現なので、単に「早暁」と時刻を設定する。また結句の「漫摘」は、いかにも無風流。雨の中の紫陽花をひそかに観賞するという「幽賞」に改めると、ゆったり観賞する気分が出る。ちなみに白居易の詩に「香炉峰の雪は簾《すだれ》を撥《かか》げて看《み》る」という有名な句があるが、これは簾を巻き上げることではなく、布団に入ったまま手で簾をはね上げて山の雪を眺めるという、ものぐさな様子を詠じたもの。この作品では作者はすでに起きているのだから、「撥簾」よりも「捲簾」とするのが穏当である。

梅天閑詠

梅天旬日雨如麻
茅屋悠悠独煮茶
早暁閑人猶有事
捲簾幽賞紫陽花

梅天閑詠《ばいてんかんえい》

梅天《ばいてん》　旬日《じゅんじつ》　雨《あめ》　麻《あさ》の如《ごと》し
茅屋《ぼうおく》　悠悠《ゆうゆう》　独《ひと》り茶《ちゃ》を煮《に》る
早暁《そうぎょう》　閑人《かんじん》　猶《な》お事《こと》有《あ》り
簾《すだれ》を捲《ま》いて幽賞《ゆうしょう》す　紫陽花《しようか》

【訳】梅雨の時節にひまに任せて詠《うた》う／梅雨は十日ほど続き、雨がしきりに降り、止まない。質素な家でのんびりとひとり茶を煮る。ひまな人にも朝の仕事があるのだ。それは、すだれを巻き上げて紫陽花を静かに眺めること。

12 盛りだくさんの着想の詩を二首に作り直す

原案

初夏雨余

雨余翠柳暑威微
茶榻無人堪忘機
風鐸鏘鏘醒午睡
看来墻角白薔薇

初夏雨余《しょかうよ》　K・A女

雨余《うよ》の翠柳《すいりゅう》　暑威《しょい》　微《び》なり
茶榻《さとう》　人《ひと》無《な》く　機《き》を忘《わす》るるに堪《た》えたり
風鐸鏘鏘《ふうたくそうそう》　午睡《ごすい》醒《さ》む
看来《みき》たる　墻角《しょうかく》の白薔薇《はくしょうび》

【訳】初夏の雨上がり／雨上がりに緑の柳を見れば、暑さが弱まったかのように感じる。茶店の腰掛けにひとりで座っていると、汚れた俗世間を忘れることができる。風鈴が鳴り、昼のうたたねから目覚めると、塀のすみに咲いた白薔薇が目に入った。【語釈】**雨余**＝雨上がり。**暑威**＝夏の厳しい暑さ。**茶榻**＝茶店の腰掛け。**忘機**＝権謀術数の渦巻く汚れた俗世間を忘れる。**風鐸**＝風鈴。**鏘鏘**＝金属などが当たって立てる音。**墻角**＝塀のすみ。

この詩は、詩題からすれば、初夏の雨上がりの光景を詠じたもののはずなのであるが、起句に「雨余」の語があるだけで、ほかに雨上がりであることを実感させる表現はどこにもない。さらに内容を子細に見ると、前半は緑の柳に、客のいない茶店という野外の光景。ところが後半は風鈴の音で昼寝から目覚め、庭の白いバラを目にするという屋敷内の状景がうたわれる。茶店の光景は夢の中で見たものだったのだろうか。それを匂わせる語もないのだから、構成上、支離滅裂と言うほかない。一句一句を平仄を揃えて作ることに苦心し、何とか四句ができ上がったものの、各句の結びつきがばらばらで、全体としてまとまったストーリーが構築されていないという、初心者にありがちなことだが、ならばどうするか。

この作品は、わずか二十八字の中にあまりにも多くのことを詰め込みすぎているのだから、その盛りだくさんの着想をいっそ二首の詩に振り分けたほうがよい。そこでまず、この作品の結句「白薔薇」を生かして、「風が吹いて、庭の白いバラが馥郁《ふくいく》たる香りを発した」という情景で結ばれる作品に作り替える。次に、「俗世間を忘れる」場面と「風鈴が鳴る」場面とを中心に取り出して別の一首に仕立てる。作者にこのように指導をしたところ、まず次のような改訂稿が提出された。

改案一

初夏雨余　其一

雨余庭院翠成緯
閑坐幽齋客訪稀
一陣薫風墻角起
吹残馥郁白薔薇

初夏《しょか》雨余《うよ》　其《そ》の一《いち》
雨余《うよ》の庭院《ていいん》　翠《みどり》　緯《い》を成《な》す
幽斎《ゆうさい》に閑坐《かんざ》して　客《かく》の訪《と》うこと稀《まれ》なり
一陣《いちじん》の薫風《くんぷう》　墻角《しょうかく》に起《お》こり
吹残《すいざん》す　馥郁《ふくいく》たる白薔薇《はくしょうび》

【訳】初夏の雨上がり／雨上がりの庭は一面に緑が織られたかのよう。人気のない書斎で静かに座り、客の訪れることもほとんどない。一陣の初夏の風が塀のすみに起こり、良い香りの白薔薇を吹き散らしてしまった。

推敲

起句は庭の情景、承句は書斎の情景、転句で風が起こり、結句でその風がバラを吹くという、この構成は至って穏当である。ただし、肝心の結句がよくない。せっかく美しく咲いたバラを、しかも、「薫風」が吹き散らすのでは、詩的感動が消えてしまう。「憐れむ可《べ》し」や「惆悵《ちゅうちょう》す」などの語があれば、まだしもバラが散るのを悲しんでいることが伝わるのだが、それもない。ここは「吹残」ではなく「吹揺」（吹き揺らす）でなければならない。また、右の作でも依然として雨上がりであることを実感させる表現はどこにもない。ならばいっそ詩題のほうを変えて「初夏即事」などとするべきであろう。なお、起句の「緯」（横糸・仄字。去声・未韻）は「幃」（とばり）の誤り。

初夏即事　其一

雨余庭院翠成幃
閑坐幽斎客訪稀
一陣薫風墻角起
吹揺馥郁白薔薇

初夏即事《しょかそくじ》　其《そ》の一《いち》

雨余《うよ》の庭院《ていいん》　翠《みどり》　幃《とばり》を成《な》す
幽斎《ゆうさい》に閑坐《かんざ》して　客《かく》の訪《と》うこと稀《まれ》なり
一陣《いちじん》の薫風《くんぷう》　墻角《しょうかく》に起《お》こり
吹《ふ》き揺《ゆ》らす　馥郁《ふくいく》たる白薔薇《はくしょうび》

【訳】初夏の景にふれて　その一／雨上がりの庭は緑の木々がとばりのように茂っている。人気のない書斎で静かに座り、客の訪問もほとんどない。一陣の初夏の風が塀のすみに起こり、白薔薇を吹き揺らしてかぐわしい香りを漂わせる。

13　盛りだくさんの着想の詩を二首に作り直す

改案二

初夏雨余　其二

雨余亭午藕花香
茅屋無人機足忘
風鐸鏘鏘醒午睡
婆娑新竹送清涼

初夏雨余《しょかうよ》　其《そ》の二《に》　K・A女

雨余《うよ》の亭午《ていご》　藕花《ぐうか》香《かんば》し
茅屋《ぼうおく》　人《ひと》無《な》く　機《き》　忘《わす》るるに足《た》る
風鐸《ふうたく》鏘鏘《そうそう》　午睡《ごすい》醒《さ》む
婆娑《ばさ》たる新竹《しんちく》　清涼《せいりょう》を送《おく》る

【訳】初夏の雨上がり　その二／雨上がりの真昼時、荷《はす》の花の香がただよい、我が家には誰もおらず、世俗のわずらわしさを忘れしてしまう。風鈴が鳴り、昼のうたた寝から覚めると、風に揺れる新しい竹の枝が涼しさを送ってきた。【語釈】**亭午**＝正午。真昼。**藕花**＝蓮の花。**茅屋**＝かやぶきの家。自分の家の謙称。**機**＝俗世間の賢しら。わずらわしさ。**婆娑**＝竹が揺れるさま。ただし、力なく揺れるさまで、マイナス・イメージの語。

この作品は、前掲の同題の詩を二首に分割したもののうちの第二首。元来の承句「堪忘機」を「機足忘」に代えて韻を陽韻に設定し、転句は元来のものをそのまま用いて、別の一首に仕立てたもの。だが、こちらも問題点が多い。

起句で蓮の花を詠ずるのであれば、庭に池などがなくてはならない。また、ここで蓮の花の良い香りを詠じても、これが詩の後半と照応することもないのでは、蓮の花を出す意味がない。ここは場所を自宅の書斎に設定して「読書堂」としよう。これに伴って承句の「茅屋」の部分も改める必要がある。そもそも「茅屋無人」がおかしい。「茅屋」は自分の家をさす語なのに、そこに誰もいないという。下の「機足忘」とも嚙《か》み合わない。自宅が世俗を離れた自然溢れる環境にいなければ「機足忘」とは言えないので、承句の上四字を「環屋青山」（我が家を取り巻く青い山）とし、自宅が山中にある設定にしよう。転句の「鏘鏘」（金属のひびき）は日本の風鈴のような軽く澄んだ音には用いない。玉の触れあう音の「丁東」がよい。

また、ここを昼寝から目覚める状況にするのも意味がない。むしろ結句の「送清涼」に合わせて、「消午熱」（真昼の暑さを消し去る）とするとよかろう。結句の「婆娑」は、語釈にも説明したように、この場合適切ではなく、不自然な表現であり、「蔭軒」（軒を蔭《おお》う）がよい。相変わらず雨上がりの雰囲気に乏しいので、題も「初夏即事」に改める。

完成

初夏即事　其二

雨●余○亭○午●読●書○堂◎
環○屋●青○山○機○足●忘◎
風○鐸●丁○東○消○午●熱●
蔭●軒○新○竹●送●清○涼◎

初夏即事《しょかそくじ》　其《そ》の二《に》
雨余《うよ》の亭午《ていご》　読書《どくしょ》の堂《どう》
屋《おく》を環《めぐ》る青山《せいざん》　機《き》　忘《わす》るるに足《た》る
風鐸丁東《ふうたくていとう》　午熱《ごねつ》を消《け》し
軒《のき》を蔭《おお》う新竹《しんちく》　清涼《せいりょう》を送《おく》る

【訳】初夏景にふれて　その二／雨上がりの真昼時、書斎で書を読む。家を囲む青い山は、世俗のわずらわしさを忘れさせてくれる。風鈴はチリンチリンと鳴って真昼の暑さを消し、軒にかぶさる新しい竹は涼しさを送ってくれる。

直伝

材料は、多すぎてはいけない。ポイントを絞って効果的に詠う。

門人の稽古場 一　作詩のヒント

日原　傳

与えられた詩題から発想を広げる

「古城花雨《こじょうかう》」という詩題が櫻林詩會で出されたことがある。この詩題を得て、私が真っ先に思い浮かべたのは、京都の南禅寺に遊んだ折に春の驟雨《しゅうう》に遇い、有名な三門の下で雨宿りをした体験であった。ちょうど桜の時節で、強い風雨に襲われた桜の花びらの散るさまも思い出された。その体験から、「楼門避雨見飛花（楼門《ろうもん》に雨《あめ》を避《さ》けて飛花《ひか》を見《み》る）」という句が最初に浮かんだ。「楼門」は、二階建ての門。これを結句に据えると、完成を目指す詩の韻目は「下平声六麻」になる。作詩のしやすい韻目だ。

転句は天候の急変を描こうと考えた。「雨」は結句に使っているので、急に雷が鳴ったと詠む。転句に必要な場面転換の要請にも「雷」の登場は適うだろう。「雷」を表す言葉を詩語集で探すと「雷公」「奔雷」「疾雷」「遠雷」「霹靂」等、たくさんある。音に焦点を当てた「雷声」、とどろく音の形容「殷殷」「隠隠」、いなびかりを示す「雷光」「電光」「雷電」、閃光の形容「閃閃」「燁燁」といった詩語も見つかる。そのなかから、急に激しく鳴る雷をいう「霹靂」という語を選び、「霹靂忽驚行楽客（霹靂《へきれき》忽《たちま》ち驚《おどろ》く行楽《こうらく》の客《かく》）」という句に仕立てた。

結句・転句を前提に、起句と承句を考える

次に起句と承句だが、転句・結句の展開を生かすためにも、驟雨に襲われる前の穏やかな京都の春のさまを詠みたい。起句・承句とも押韻する必要があるため、まず「六麻」の字を検討する。「霞」「家」「葩」「誇」「斜」「加」「涯」等、使えそうな字がたくさんある。詩語集で「自慢してよい」意の「自堪誇（自《おの》ずから誇《ほこ》るに堪《た》えたり）」という表現を見つけ、起句に使うことにする。春ののどかな景色を表わす「韶光」「韶景」「韶気」などの詩語のなかから、「韶景」を用いて起句を「洛城韶景自堪誇（洛城《らくじょう》の韶景《しょうけい》自《おの》ずから誇《ほこ》るに堪《た》えたり）」とした。「洛城」は京都。中国の洛陽城に比して言う。他に、江戸を「江都」「武城」、富士山を「富嶽」「芙蓉峰」、隅田川を「澄江」「墨水」などと、日本の地名を漢語風に示す工夫が先人によってなされており、用例を集めた『東藻会彙地名箋』『大東詩家地名考』といった書も江戸時代に刊行されている。

承句は、起句の「韶景」を具体化する。京都の古寺となだらかな山の姿に焦点を当て、その全景が桜の花によって彩られているさまを描く。漢語の「霞」には朝焼け・夕焼けの赤いイメージが伴うことを生かし、桜の花に見立てて、「濃淡霞（濃淡《のうたん》の霞《かすみ》）」とした。あとは「古寺」「丘

山」の二語を上に置いて承句のかたちが定まり、七言絶句が完成した。「古城花雨」という詩題から出発したが、完成した詩の内容にふさわしいように詩題を改めて発表した。

洛城春雷

洛城韶景自堪誇
古寺丘山濃淡霞
霹靂忽驚行楽客
楼門避雨見飛花

洛城春雷《らくじょうしゅんらい》

洛城《らくじょう》の韶景《しょうけい》 自《おの》ずから誇《ほこ》るに堪《た》えたり
古寺《こじ》 丘山《きゅうざん》 濃淡《のうたん》の霞《かすみ》
霹靂《へきれき》 忽《たちま》ち驚《おどろ》く 行楽《こうらく》の客《かく》
楼門《ろうもん》に雨《あめ》を避《さ》けて飛花《ひか》を見《み》る

【訳】京都の春の景色は素晴らしい。桜が濃く淡く咲くなかに古い寺やなだらかな山が見える。その折に突然雷が鳴り、行楽客を驚かせた。人々はみな大寺の楼門に雨を避け、風雨に散る花びらを見ている。

14 主題に適した詩語を配する

原案

医光寺崇源院坐像

公○孫○樹●葉●緑●蓁○蓁◎
杜●宇●初○啼○物●候●新◎
危○坐●尼○僧○眸○子●穏●
温○顔○欲●語●少●開○脣◎

医光寺《いこうじ》　崇源院坐像《すうげんいんざぞう》　W・M生

公孫樹葉《こうそんじゅよう》　緑《みどり》蓁蓁《しんしん》
杜宇《とう》初《はじ》めて啼《な》いて物候《ぶつこう》新《あら》たなり
危坐《きざ》せる尼僧《にそう》　眸子《ぼうし》穏《おだ》やかに
温顔《おんがん》　語《かた》らんと欲《ほっ》して少《すこ》しく脣《しん》を開《ひら》く

【訳】医光寺の崇源院坐像／寺にはイチョウが青々と茂り、ホトトギスが啼きそめてすっかり初夏のよそおい。正座している尼僧の眼は穏やかで、やさしいお顔は何か話そうとするかのように少し唇を開けている。

【語釈】**医光寺**＝千葉県市原市にある真言宗の寺。文明元年（一四六九）創建。**崇源院坐像**＝かつては桂昌院（お玉の方。三代将軍徳川家光の側室にして、五代将軍綱吉の生母）の坐像とされていたが、平成四年の本堂改修の折、三好家八代・浅井家六代の累代合同位牌が発見され、崇源院、即ち浅井長政と織田信長の妹お市の方の三女江《ごう》（二代将軍秀忠の正妻にして、家光の生母）の坐像であることが確認された。**公孫樹**＝イチョウ。**蓁蓁**＝草木が盛んに茂るさま。**杜宇**＝ホトトギス。**物候新**＝気候が変わった。**危坐**＝正座する。

この詩は、前半で寺の様子を詠《うた》い、後半は崇源院の坐像のお顔がやさしく、何かを語りかける様子であることを詠う。この後半を導くための伏線が前半で用意されているかどうか。

まず、木々を「公孫樹」に特定する必要があるか。「杜宇」を登場させる必要があるか。「杜宇」、ホトトギスは、和歌の世界では初夏のさわやかさや、恋心を詠うものとして重要な詩語であるが、漢詩の世界では、血を吐いて鳴き、その鳴き声は「帰るに如かず」（故郷に帰ったほうがよい）と聞こえることから望郷の念を詠う詩語である。だからこの詩で「杜宇」を詠うのはふさわしくない。つまり、崇源院（江）の坐像のやさしく、何かを語りかける様子を詠うには、「公孫樹」や「杜宇」は邪魔になるのである。

そこで、起句は、坐像が二代将軍夫人、三代将軍生母であることを意識して、「武城東郭緑蓁蓁」（武城は江戸をさす語）と、この地が江戸城の近郊であるようにするのがよい。承句では、起句を受けながら、坐像の安置されている堂の香気あふれる様子を詠って、後半の伏線を張る。起句を「武城東郭～」にすると、寺を意味する語が入らないため、承句は「静昼梵堂香気新」としてみる。

詩は「詩語」がすべて活きてつながるようにするのだ。

医光寺崇源院坐像
武城東郭緑蓁蓁
静昼梵堂香気新
危坐尼僧眸子隠
温顔欲語少開脣

医光寺《いこうじ》　崇源院坐像《すうげんいんざぞう》
武城《ぶじょう》の東郭《とうかく》　緑《みどり》蓁蓁《しんしん》
静昼《せいちゅう》　梵堂《ぼんどう》　香気《こうき》新《あら》たなり
危坐《きざ》せる尼僧《にそう》　眸子《ぼうし》穏《おだ》やかに
温顔《おんがん》　語《かた》らんと欲《ほっ》して少《すこ》しく脣《しん》を開《ひら》く

【訳】医光寺の崇源院坐像／寺の奥深い庭には木々が青々と茂り、静かな昼下がり、お堂には香気が漂っている。その堂中、正座している尼僧の眼は穏やかで、やさしいお顔は何か話そうとするかのように少し唇を開けている。

15　情景を単純化し、心情を印象的に訴える

途中見雉

緑•陰○日•漏•午•風○清◎
空○木•花○開○野•趣•明◎
旧•道•遥○通○芳○草•裏•
頰•紅○雉•子•眼•輝○行◎

途中《とちゆう》雉《きじ》を見《み》る　W・M生

緑陰《りよくいん》 日《ひ》漏《も》れて 午風《ごふう》清《きよ》し
空木《くうぼく》の花《はな》開《ひら》いて 野趣《やしゆ》明《あき》らかなり
旧道《きゆうどう》遥《はる》かに通《つう》ず 芳草《ほうそう》の裏《うち》
頰紅《きようこう》の雉子《ちし》 眼《め》輝《かがや》きて行《ゆ》く

【訳】途中雉を見かけた／緑の木陰に午後の清らかな風が吹き、木漏れ日が揺れる。卯の花が木漏れ日に明るく照らされ、野趣が溢れる。芳《かぐわ》しい草のなかを旧道が通じている。そこを通って行く途中、頰の紅《あか》い雉が眼を輝かせて歩いていた。【語釈】**午風**＝午後に吹く風。**空木花**＝卯の花。うつぎ。灌木、幹は中空で、夏の初めに白い花を咲かせる。**野趣**＝山野や田園の素朴なおもむき。**旧道**＝以前からあった道。**芳草**＝よい香りのする草花。**雉子**＝キジ。

旅の途中で見かけた雉を詠ったもの。承句の「空木花」は和語であり、結句の「眼輝行」も詩語にない和語風の言い回しであるので、まずはこれらを改めたい。漢詩は中国古典詩の形式に則り、中国古典詩で使用される「詩語」と「表現」（言い回し）を踏襲するのが原則である。日本人にしか通じない「和語」は厳禁なのだ。

この詩は、結句の雉がいわば主人公。そのためにも、「空木花」（卯の花）といった具体的な花の名前は必要ないであろう。「空」の字も活きていない。そこで、「白い花」と単純化してみる。さらに、起句「午風」の「風」と照応させて「花白揺揺」（白い花がゆらゆらとゆれる）に改める。すると、この詩句が起句と響き合う。それに合わせて「野趣」は「野色」に。「野趣」と言うと主観が強くなるのである。こうして、主観的な表現から、単純で客観的なおだやかな表現となった。

転句の「旧道」も、古びた感じを出すため「古道」とする。詩語ではない結句の「眼輝行」は、自分の気持ちの軽やかさや嬉しさを託すように、単純に「一声清」（雉のすんだ一声が響いた）と改める。そうすると、起句「午風清」の「清」と重複するので、起句は「午風軽」としよう。

起承転句のやわらかな情景を受け、「一声清」の結句で、作者の心情が印象的に訴えられる。

途中見雉

緑陰日漏午風軽
花白揺揺野色明
古道遥通芳草裏
頰紅雉子一声清

途中《とちゅう》雉《きじ》を見《み》る

緑陰《りょくいん》日《ひ》漏《も》れて　午風《ごふう》軽《かろ》し
花白《はなしろ》うして揺揺《ようよう》　野色《やしょく》明《あき》らかなり
古道《こどう》遥《はる》かに通《つう》ず　芳草《ほうそう》の裏《うち》
頰紅《きょうこう》の雉子《ちし》　一声《いっせい》清《きよ》し

【訳】途中、雉を見かけた／午後の清らかな風に木漏れ日が揺れ、白く咲く花がゆらゆらと、いっそう野趣が溢れる。古い道が遠くへと続く芳しい草の中で、頰の紅い雉が高い声で鳴いた。

直伝

立体感（平板でない）ということ。前半、「緑」と「白」の色どりを、「陰」と「明」とのあい反する語で、景色に立体感を与え（視覚）、後半、雉の清らかで鋭い声（聴覚）をあしらって、さらに立体感をそそる。

16 有名な詩の言葉を用いてその趣を取り込む

原案

桃花村

山○渓○迷○入●白●雲○郷◎
時○趁●黄○鶯○渡●石●梁◎
花○片●繽○紛○桃○樹●下●
邀○驩○老●孺●興●無○疆◎

桃花村《とうかそん》　N・A女

山渓《さんけい》　迷《まよ》い入《い》る　白雲《はくうん》の郷《きょう》
時《とき》に黄鶯《こうおう》を趁《お》いて石梁《せきりょう》を渡《わた》る
花片《かへん》繽紛《ひんぷん》たる　桃樹《とうじゅ》の下《もと》
邀《むか》え驩《よろこ》ぶ老孺《ろうじゅ》　興《きょう》　無疆《むきょう》

【訳】桃の花の咲く村／山あいの谷川に迷い込めば、そこにはこの世とは思えない世界が広がっており、ふと、あたりを飛ぶうぐいすを追いかけて石橋を渡った。その橋を渡り終えたあたりでは、桃の花びらがひらひらと舞い、迎えよろこび入れてくれた老人や子供の楽しみようは限りない様子だ。【語釈】**山渓**＝山あいの細い谷川。**白雲郷**＝白雲の立ち籠める里。暗に仙界をさす。**黄鶯**＝ウグイス。**石梁**＝石橋。**繽紛**＝乱れ飛ぶさま。**老孺**＝老人と幼子《おさなご》と。**無疆**＝際限がない。

「桃花村」と言えば、おのずと陶淵明の「桃花源記」に記された桃源郷が想起されよう。そこで、起句の「山渓」も「桃花源記」の「縁渓行」（渓《たに》に縁《よ》りて行く）の文により、「縁渓」（渓に縁って）に改める。また、承句の「黄鶯」は、鳴き声を響かせて「嬌鶯《きょうおう》」とするのが面白い。結句の「邀驩老孺興無疆」というのは語の並びも漢語としては不自然であり、面白みにも欠ける。「桃花源記」では、漁師を迎え入れた桃源郷の人々を、「男女衣著、悉如外人」（男女の衣著《いちゃく》、悉《ことごと》く外人の如《ごと》し）と描写している。そこで結句はこれをふまえて、「相迎皆是外人装」（迎え入れてくれた人々は皆、異世界の人のような装いをしている）と改める。こうすれば起句の「迷入」と照応して、あたかも仙界に迷い込んだような情景を強く印象づけることができるのである。

桃花村

緑渓迷入白雲郷
時趁嬌鶯渡石梁
花片繽紛桃樹下
相迎皆是外人装

桃花村《とうかそん》

渓《たに》に縁《よ》りて 迷《まよ》い入《い》る 白雲《はくうん》の郷《きょう》
時《とき》に嬌鶯《きょうおう》を趁《お》いて石梁《せきりょう》を渡《わた》る
花片繽紛《かへんぴんぷん》たる 桃樹《とうじゅ》の下《もと》
相《あ》い迎《むか》うるは皆《み》な是《こ》れ 外人《がいじん》の 装《よそお》い

【訳】桃の花の咲く村／谷ぞいに人の気配のない谷に迷い込めば、そこにはこの世とは思えない世界が広がっており、ふと、ピーチク鳴くうぐいすを追いかけて石橋を渡った。あたりでは、桃の花びらがひらひらと舞い、迎えてくれた人々はみな、異世界の人のような装いをしていた。

直伝

有名な詩や文章に出る語は、それを用いることによって、その作品の味わいや趣を取り込むことができる。この詩の「外人」がよい例となる。この語は、「桃花源記」に三回出てくるが、ほかの作品には用いられない語なので、特に効果的である。作中の主人公の漁師が住む中国の、その外の世界に住む人、それを外人と呼んでいる（その人たちにとっては、中国の人が外人になる）。ここでは、起句の「白雲郷」と呼応して、世俗の世界とは異なる雰囲気がかもし出される。

17 場面を整えた上で新発想を際立たせる

村郊漫歩

避暑逍遥半夜游
竹風颯颯爽於秋
上頭銀漢一星落
疑是織姫珠涙流

村郊漫歩《そんこうまんぽ》　N・A女

暑《しょ》を避《さ》けて逍遥《しょうよう》す半夜《はんや》の游《ゆう》
竹風《ちくふう》颯颯《さつさつ》として秋《あき》よりも爽《さわ》やかなり
頭《こうべ》を上《あ》ぐれば銀漢《ぎんかん》一星《いっせい》落《お》つ
疑《うたが》うらくは是《こ》れ織姫《しょくき》の珠涙《しゅるい》流《なが》るるかと

【訳】村の郊外でのそぞろ歩き／暑さを避けて、真夜中に出かけて気ままにぶらぶらと歩けば、竹を渡る風はさらさらとざわめき、秋よりも爽やかである。ふと、見上げれば、天の川から流れ星が一筋落ちていった。あれは牽牛《けんぎゅう》に逢えずに悲しむ、織女の涙であろうか。【語釈】**漫歩**＝あてもなくぶらぶら歩くこと。**半夜**＝真夜中。「夜半」と同じ。**游**＝出歩く。**竹風**＝竹の葉の間を吹き渡る風。竹に願い事を書いた紙をつるすことを暗示する。**銀漢**＝銀河。天の川。**疑是**＝たぶん〜であろう。**織姫**＝織女星のこと。**珠涙**＝美しい涙。

夜に郊外を散歩するという設定で作られたもの。空を見上げれば天の川から星が一つ流れた。もしかしたらこれは織姫が流した涙ではないか、と詠ずる後半の発想が面白い。これを生かすように手直しを加えよう。まず織姫を詠じるのであるから、詩題は「村郊漫歩」から「七夕夜遊」(七夕《たなばた》の夜のそぞろ歩き)に代える。そもそも、夜半に散歩する、と言えば、当然月の明るい夜になるので、七夕(七日の月)にはそぐわない。そこで、燈火《ともしび》を持って庭へ出るように改める。「古詩十九首」其十五に「昼短苦夜長、何不秉燭遊」(昼短かくして夜の長きを苦しむ、何ぞ燭《しょく》を秉《と》りて遊ばざる)とあるのを踏まえて、「秉燭中庭半夜游」(燈火を手にとって、真夜中の庭(「中庭」は、庭中と同じ)を逍遥する)と改めよう。次に、旧暦では七夕は秋の初めであるので、「爽於秋」(秋よりも爽やか)はおかしい。そこでここは「已涼秋」(すでに涼やかな風の吹く季節である)とする。

転句の「上頭」は、李白の「静夜思《せいやし》」に「挙頭望山月」(頭《こうべ》を挙げて山月を望む)とあるのを踏まえて「挙頭」とする手もあるが、星を眺めるのであれば、杜甫の「夜帰」に「仰看明星当空大」(仰ぎ看《み》る 明星《めいせい》の空に当《あた》りて大なるを)とあるのを借用しよう。こうして、理にかなった場面に整え、古典を踏まえた厚みのある詩句を配することで、「織姫の涙」という作者の発想がより際立って見えてくるだろう。

ところで織姫と彦星は年に一度、七夕の夜に逢うことができる。ならば、この涙は嬉し涙ということになる。また、涙がハラハラと落ちるのであれば、「一星落つ」より「数星落つ」のほうがよい。

七夕夜遊

秉燭中庭半夜游
竹風颯颯已涼秋
仰看銀漢数星落
疑是織姫珠涙流

七夕夜遊《しちせきやゆう》

燭《しょく》を秉《と》る　中庭《ちゅうてい》　半夜《はんや》の游《ゆう》
竹風《ちくふう》　颯颯《さつさつ》として已《すで》に涼秋《りょうしゅう》
仰《あお》ぎ看《み》れば　銀漢《ぎんかん》　数星《すうせい》落《お》つ
疑《うたが》うらくは是《こ》れ　織姫《しょくき》の珠涙《しゅるい》流《なが》るるかと

【訳】七夕の夜のそぞろ歩き／燈火を手にとって、夜半の中庭をそぞろに歩けば、竹を渡る風はさらさらとざわめき、すでに涼やかな秋風の吹く季節である。ふと、空を仰ぎ見れば、天の川から流れ星が落ちていった。あれは牽牛に逢えたことを喜んで流した織姫の涙であろうか。

18　言葉の重複を避ける

故園春景

山郭郷園遠岫連
風吹芳草繞春田
牧童叱犢桔槔下
数片飛花帯淡煙

故園《こえん》の春景《しゅんけい》　Y・M女

山郭《さんかく》の郷園《きょうえん》　遠岫《えんしゅう》　連《つら》なる
風《かぜ》は芳草《ほうそう》を吹《ふ》いて　春田《しゅんでん》を繞《めぐ》る
牧童《ぼくどう》　犢《とく》を叱《しっ》す　桔槔《けっこう》の下《もと》
数片《すうへん》の飛花《ひか》　淡煙《たんえん》を帯《お》ぶ

【訳】ふる里の春景色／山里の故郷は遠く峰が連なり、風がかぐわしい若草や春の田畑を吹いてゆく。牛飼いの少年が子牛を追いたてている、はねつるべのあたり。いくつかの花びらが、ひらひら風に吹かれて淡い春霞《はるがすみ》のなか散っている。【語釈】**山郭**＝「山村」と同じ。杜牧の詩に「水村山郭酒旗風」（水村山郭 酒旗の風）とある。**遠岫**＝遠くの峰。**犢**＝子牛。**叱**＝追い立てる。**桔槔**＝はねつるべ。王維「輞川閑居《もうせんかんきょ》」に「寂寞於陵子、桔槔方灌園」（寂寞《せきばく》たり 於陵子《おりようし》、桔槔《けっこう》 方《まさ》に園《えん》に灌《そそ》ぐ）とある。

この詩は、王維の詩を意識して「桔槹下」という語を用いたのが面白い。「牧童」とあれば、杜牧「清明」の「牧童遥指杏花村」（牧童《ぼくどう》 遥かに指《ゆび》さす 杏花《きょうか》の村）が想起され、これにより王維と杜牧が上手に取り込まれて、この詩のミソとなるのである。

起句は、一考を要する。「山郭」は山あいの村。「郷園」は故郷の園であり、言葉の重複が見られるので落ち着きが悪い。そこでこれを「郭外郷村」に代える。「郭」にはムラという意味もあるが、城郭などのように、しきりの意もあり、これによって下三字の「遠岫連」とスムーズにつながる。

また、承句は、「芳草」を「堤草」に直してみる。これで情景がぐっと具体的、立体的になり、空間の広がりも得られることになるのである。

結句の上二字「数片」も、「いくつかの花びら」では印象が薄い。ここは「片片」として、次から次とたくさんの花びらが散り落ちるとするほうが、より強く読者に訴えかけることができよう。

完成

故園春景

郭外郷村遠岫連
風吹堤草繞春田
牧童叱犢桔槹下
片片飛花帯淡煙

故園《こえん》の春景《しゅんけい》
郭外《かくがい》の郷村《きょうそん》 遠岫《えんしゅう》 連《つら》なる
風《かぜ》は堤草《ていそう》を吹《ふ》いて春田《しゅんでん》を繞《めぐ》る
牧童《ぼくどう》 犢《とく》を叱《しっ》す 桔槹《けっこう》の下《もと》
片片《へんぺん》たる飛花《ひか》 淡煙《たんえん》を帯《お》ぶ

【訳】ふる里の春景色／町の外の故郷の村は遠く峰が連なり、風が土手の若草や春の田畑を吹いてゆく。牛飼いの少年が子牛を追いたてている、はねつるべのあたり。たくさんの花びらが、ひらひら風に吹かれて淡い春霞のなかに散っている。

直伝

抽象的な表現を避け、具体的な状況を描くようにする。

19 主題を生かすための舞台を作る

小庭夏日

晴○光○満●院●雨●余○天◎
籬○外●緑●林○喧○乱●蝉◎
亭○午●軽○風○度●池○処●
老●亀○伸○頸●枕●蓮○眠◎

小庭夏日《しょうていかじつ》　G・J生

晴光《せいこう》満院《まんいん》 雨余《うよ》の天《てん》
籬外《りがい》の緑林《りょくりん》 乱蝉《らんせん》喧《かまびす》し
亭午《ていご》 軽風《けいふう》 池《いけ》を度《わた》る処《ところ》
老亀《ろうき》 頸《くび》を伸《の》ばして蓮《はす》に枕《まくら》して眠《ねむ》る

【訳】小庭の夏の日／雨上がりの空の下、晴れた夏の日差しが庭に満ち溢れている。籬《まがき》の向こうの緑の木々からは、多くの蝉の声がやかましく聞こえてくる。そんな昼下がり、そよ風が庭の池の端を吹き渡る中、我が愛亀は首を伸ばし、蓮の葉を枕にしてのんびり寝ている。【語釈】**院**＝庭。**亭午**＝真昼。「亭」は「当たる」の意。**処**＝～する時。**老亀**＝長年飼っている亀。亀の寿命は万年と言われるので、多く「老亀」と称する。

亀が首を伸ばして睡蓮の葉を枕にして眠るという結句が、この詩のミソであり、なかなか面白い。作者の言によれば、実際は、この亀は蓮の葉を枕にしたのではなく、ホテイアオイの生い茂る中で眠っていたとのことであるが、絵画でも実際にはない事物を描くこともあるので、この程度の事柄はまず問題ない。要するに、何が絵（詩）になるか、という観点から言葉を選んでいくのである。

細かいところであるが、転句で、亀が蓮を枕に眠るには、水を詠わなければならない。転句の下三字が原案では「度池処」となっていて、これが面白くなかった。「軽風」が「池を度る」は大袈裟《おおげさ》な表現であまり聞かない。そこで次に「吹水処」（水を吹く処）に改めてきたが、いかにも日本語ふうで用例もない。結局、平凡だが「風吹小池上」（風は吹く小池《しょうち》の上《うえ》）とした。これでまずまずというところ。

小庭夏日

晴○光○満•院•雨•余○天○
籬○外•緑•林○喧○乱•蟬○
亭○午•風吹小•池○上•
老•亀○伸○頸•枕•蓮○眠○

小庭《しょうてい》夏日《かじつ》

晴光《せいこう》満院《まんいん》雨余《うよ》の天《てん》
籬外《りがい》の緑林《りょくりん》乱蟬《らんせん》喧《かまびす》し
亭午《ていご》風《かぜ》は吹《ふ》く小池《しょうち》の上《うえ》
老亀《ろうき》頸《くび》を伸《の》ばして蓮《はす》を枕《まくら》にして眠《ねむ》る

【訳】小庭の夏の日／雨上がりの空の下、晴れた夏の日差しが庭に満ち溢れている。籬の向こうの緑の木々からは、多くの蟬の声がやかましく聞こえてくる。そんな昼下がり、そよ風が庭の小さな池を吹き渡ると、我が愛亀は首を伸ばし、蓮の葉を枕にしてのんびり寝ている。

直伝

（亀がハスを枕にして眠る、という）奇抜な状景を効果あらしめるには、どういう舞台装置が必要か、というところから考えてゆく。

20 「サンタクロース」を適切に表現する

原案

聖夜招人

縦○樹●瑤○珠○映●玉●櫳○
金○杯○談○笑●興●無○窮○
翩○翩○雪●下●銀○鈴○響●
到●入●紅○袍○白●髪●翁○

聖夜《せいや》　人《ひと》を招《まね》く　N・A女

縦樹《しょうじゅ》の瑤珠《ようしゅ》　玉櫳《ぎょくろう》に映《えい》じ
金杯《きんぱい》　談笑《だんしょう》　興《きょう》　窮《きわ》まり無《な》し
翩翩《へんぺん》として雪下《ゆきふ》り　銀鈴響《ぎんれいひび》けば
到《いた》り入《い》る　紅袍白髪《こうほうはくはつ》の翁《おう》

【訳】クリスマスの夜に人を招く／クリスマスツリーに飾られた美しい玉が窓ガラスにうつり、さかずきの美酒に会話にと、楽しいことこの上もない。ひらひらと雪が舞い降りる中、シャンシャンと鈴の音色が響けば、赤い服を着た白髪頭のサンタクロースがやってきた。

【語釈】**聖夜**＝クリスマスの夜。**縦樹**＝もみの木。ここではクリスマスツリーをさす。**瑤珠**＝美しい玉。**玉櫳**＝美しい窓。**興**＝たのしみやおもしろみ。**翩翩**＝軽いものが飛びひるがえるさま。**紅袍白髪翁**＝赤い服を着た白髪頭の老人。ここではサンタクロースをさす。

クリスマスパーティーを詠じた漢詩である。西洋のものを漢語で言い表すにはいろいろと配慮が必要になるのだが、果たしてうまくいっているか、見てみよう。

まず起句の「樅樹瑶珠」（もみの木の美しい玉）は、これだけではクリスマスツリーに飾られた玉飾りとはわかりにくい。「瑶珠」を「懸珠」（珠《しゅ》を懸《か》く）とし、もみの木に玉飾りを飾るという動作にすれば、クリスマスらしさが出てくるだろう。承句の「金杯」は「挙杯」（杯を挙《あ》ぐ）と改めると、パーティーの始まりで乾杯をしている様子が明確になる。転句の上四字は少々落ち着きが悪いので、「雪下」を「雪裏」（雪の中）に、「翩翩」を「遥聞」（遥かに聞く）に改める。こうすることによって、雪降る中、鈴の音色がどこからともなく聞こえてくるという状況を表すことができよう。結句の「到入」は「どこそこへ入って行く」という意になり、適切な表現ではない。これを「迎得」（迎え得たり）と直せば、サンタクロースを迎えることができたという洒落になり、「聖夜 人を招く」という題が一層生きてくるのである。

肝心のサンタクロースを漢語で表すには、「翁」（お爺さん）はよいとして、その外見・服装に関しては白いひげと赤い上着は欠かせない。そこで例えば平仄の都合で「紅袍白髱《こうほうはくほう》」（赤い綿入れに白いひげ）、「白髯緋服《はくぜんひふく》」（白ひげに赤い服）、「白髯紅襖《はくぜんこうおう》」（白ひげに紅の上着）など考えられるが、「ひげ」を表す「髱」は、平仄は適合するが、「女性の髪のたぼ」にふつう用いられる語で、適切ではないだろう。またサンタの服を表現するのは「袍」がピッタリだが、「髯」との平仄の具合が悪い。あまり使わないが、「袍襖」と組みにする語もあるので、ここでは「襖」を採用する。

完成

聖夜招人

縦樹懸珠映玉櫳
挙杯談笑興無窮
遥聞雪裏銀鈴響
迎得白髯紅襖翁

聖夜《せいや》 人《ひと》を招《まね》く
縦樹《しょうじゅ》 珠《しゅ》を懸《か》けて玉櫳《ぎょくろう》に映《えい》じ
杯《さかずき》を挙《あ》げて談笑《だんしょう》すれば 興《きょう》 窮《きわま》り無《な》し
遥《はる》かに聞《き》く 雪裏《せつり》 銀鈴《ぎんれい》の響《ひび》き
迎《むか》え得《え》たり 白髯紅襖《はくぜんこうおう》の翁《おう》

【訳】クリスマスの夜に人を招く／クリスマスツリーに珠を飾れば窓ガラスに映り、杯を挙げて乾杯し、談笑すれば楽しいことこの上ない。しんしんと雪の降る中、遥か彼方《かなた》からシャンシャンと鈴の音色が響き渡る。さあ、迎え入れよう、白いひげをはやして赤い上着をまとったサンタクロースを。

直伝

西洋のものを詠ずるときには、用語に注意する。

21 その土地らしさを出す

巴厘島観舞踏

戯台臨水晩風涼
月下歓斟椰子漿
艶麗紅裙細腰舞
鉄琴和奏響鏘鏘

巴厘島《バリとう》にて舞踏《ぶとう》を観《み》る　H・T生

戯台《ぎたい》　水《みず》に臨《のぞ》みて　晩風《ばんぷう》涼《すず》し
月下《げっか》　歓《よろこ》び斟《く》む　椰子《やし》の漿《しょう》
艶麗《えんれい》なる紅裙《こうくん》　細腰《さいよう》の舞《まい》
鉄琴《てっきん》和奏《わそう》して　響《ひび》き鏘鏘《そうそう》たり

【訳】バリ島で民族舞踊を観る／踊りの舞台は水辺に立ち、夕暮れの風が涼しい。月かげのもと、椰子の汁を飲んで喉をうるおす。美しい柳腰の美女が紅の衣裳をまとって舞い、伴奏のガムランの澄んだ音が響いてくる。【語釈】**巴厘島**＝インドネシア共和国バリ州に属する島の名。「巴厘」は現代中国語の音訳。**戯台**＝舞台。**紅裙**＝紅いスカート。**鉄琴**＝ここでは、ガムランの訳語に当てた。ガムランはインドネシアの民族音楽の総称。さまざまな大きさの銅鑼や鍵盤打楽器を用いて合奏される。**鏘鏘**＝金属や石などが当たって生ずる澄んだ音色。

推敲

これは、インドネシアのバリ島で鑑賞した民族舞踊を素材にして漢詩に仕立てたものであるという。原案にはそれほど悪いところはないが、承句の上四字「月下歓斟」の、「歓」字がまず引っかかった。そこでこれを「先」字に直した。こうすることによって、まず椰子の汁を飲み、その後の舞を心待ちにするという流れができるのである。

次に、転句の上二字が「艶麗」となっているが、「艶麗」ではとりすました美しさとなり、エキゾチックな感じがしない。そこでこれを「妖麗」に改め、なまめかしい雰囲気を出すようにする。このように一字を変えることで雰囲気ががらりと変わることがある。字の選択はよくよく考えよう。

また、結句の上二字は「鉄琴」としているが、「鉄」字では堅苦しい感じがして面白くない。そこでこれを「越琴」とした。中国では古来、「越」は南方の国という認識が定着している。「越琴」とすることによって、広く南方の音楽ということを表すことができるだろう。

完成

巴厘島観舞踏

戯台臨水晩風涼
月下先斟椰子漿

巴厘島《バリとう》にて舞踏《ぶとう》を観《み》る

戯台《ぎたい》 水《みず》に臨《のぞ》みて 晩風《ばんぷう》涼《すず》し
月下《げっか》 先《ま》ず斟《く》む 椰子《やし》の漿《しょう》

妖麗紅裙細腰舞
越琴和奏響鏘鏘

妖麗《ようれい》なる紅裙《こうくん》　細腰《さいよう》の舞《まい》
越琴《えつきん》和奏《わそう》して　響《ひび》き鏘鏘《そうそう》たり

【訳】バリ島で民族舞踊を観る／踊りの舞台は水辺に立ち、夕暮れの風が涼しい。月かげのもと、まず椰子の汁を飲んで喉をうるおす。妖艶な柳腰の美女が紅の衣裳をまとって舞い、伴奏のガムランの澄んだ音が響いてくる。

直伝

副詞の使い方で表現が豊かになる。

22 その土地の事物を詠み込む

客中喫茶 卡帕多奇亜

縹緲西方磧礫涯
奇岩周匝両三家
葡萄棚下微風渡
香気相加一茗茶

客中喫茶《かくちゅうきっさ》 卡帕多奇亜《カッパドキア》　N・A女

縹緲《ひょうびょう》たる西方《せいほう》 磧礫《せきれき》の涯《はて》
奇岩《きがん》 周匝《しゅうそう》す 両三家《りょうさんか》
葡萄棚下《ぶどうほうか》 微風《びふう》渡《わた》り
香気《こうき》 相《あ》い加《くわ》わる 一茗茶《いちめいちゃ》

【訳】 旅行中にお茶をのむ／遥かなる西方の砂漠のはてにあるカッパドキアでは、岩々が点在する家々を取り囲むようにして聳《そび》え立っている。その家の中庭に植えられている葡萄棚の下でそよと風がふけば、葡萄の香りがチャイの香りに加えられた。**【語釈】** **卡帕多奇亜**＝トルコ共和国中央部にある景勝地。きのこ岩の立ち並ぶ岩石遺跡群は現在、世界遺産に登録されている。「卡帕多奇亜」は現代中国語の音訳の一つ。**縹緲**＝遠くかすかなるさま。**磧礫**＝小石の混じった砂漠。**周匝**＝周りをめぐりまわる。**一茗茶**＝トルコのお茶であるチャイ（茶）をさす。

これは、作者がトルコ旅行中に体験した一コマを詠じたもので、なかなか面白い。だが承句の下三字「両三家」（二、三軒の家）は面白くない。二、三軒の家と限定する必要はないうえに、「周匝」（「周遭」とも書く）は、劉禹錫《りゅううしゃく》「金陵五題詩《きんりょうごだいし》」其一「石頭城」に「山囲故国周遭在」（山は故国《ここく》を囲みて周遭《しゅうそう》として在り）とあるように、もっと広い場面の物を詠ずる場合に使う。そこでこれを「土民家」（土地の人の家）と代える。これによって、「両三家」という数字では表せない広がりや味わいが生まれるだろう。

また、結句の下三字「一茗茶」（一杯のお茶）はインパクトに欠けるので、推敲して「卓上茶」（テーブルの上のお茶）に改めたと。それでも「卓上茶」では、取り澄ました感じがして、どこの国でも通用してしまう。これをもう一工夫して、トルコという西方らしさが出るようにしたい。トルコのチャイはストレートティーであって、インドのチャイのようなミルクティーではないという。そこで、「濃淡茶」としてみた。これによって「香気相加」の「相加」がより活きてくるだろう。

細部を少し変えるだけで見違えるように変わった、直しがいのある詩である。

客中喫茶 卡帕多奇亜

縹緲西方磧礫涯
奇岩周匝土民家
葡萄棚下微風渡
香気相加濃淡茶

客中《かくちゅう》喫茶《きっさ》 卡帕多奇亜《カッパドキア》

縹緲《ひょうびょう》たる西方《せいほう》 磧礫《せきれき》の涯《はて》
奇岩《きがん》 周匝《しゅうそう》す 土民《どみん》の家《いえ》
葡萄棚下《ぶどうほうか》 微風《びふう》渡《わた》り
香気《こうき》 相《あ》い加《くわ》わる 濃淡《のうたん》の茶《ちゃ》

【訳】旅行中にお茶をのむ／遥かなる西方の砂漠のはてにあるカッパドキアでは、多くの奇岩が土地の人の住む家々を取り囲むようにして聳え立っている。その家の中庭に植えられている葡萄棚の下でそよと風がふけば、甘酸っぱい葡萄の香りがチャイの香りに加えられた。

23 次韻によって唱和する詩を作る

次韻客中喫茶
奇岩突兀漠西涯
寄宿葡萄架下家
風繞中庭客氈上
胡児親勧一瓶茶

「客中喫茶《かくちゅうきっさ》」に次韻《じいん》す　M・K生
奇岩突兀《きがんとつこつ》たり　漠西《ばくせい》の涯《はて》
寄宿《きしゅく》す　葡萄架下《ぶどうかか》の家《いえ》
風《かぜ》は繞《めぐ》る　中庭《ちゅうてい》　客氈《かくせん》の上《うえ》
胡児《こじ》　親《した》しく勧《すす》む　一瓶《いっぺい》の茶《ちゃ》

【訳】「客中喫茶」に次韻する／風変わりな岩の高く聳《そび》え立つ沙漠の西の涯の、葡萄棚のある家に身を寄せた。風がめぐる中庭で絨毯《じゅうたん》の上に座っていると、トルコ人の子供が親しげにチャイを勧めてくれた。【語釈】**次韻**＝他人の作品と同一韻字を同一順に使用して唱和すること。**氈**＝トルコ絨毯のこと。**胡児**＝「胡」は、唐代において広く西域の異民族をさす呼称であるが、ここではトルコ人の子供の意。

前掲「客中喫茶　卡帕多奇亜」が披露された後の飲み会の席で、別のメンバーが酔中に即興で作ったものだという。その場で作られた初案は右の通りで、前掲の原案と同じ「涯」「家」「茶」

で韻をふむ次韻となっている。しかし、作者が酔いから醒めて改めて見てみると、「奇岩」や「葡萄」など、原作と同一詩語を重複して使っていたことに気づき、これでは唱和の作として芸がないと思い直し、次のようにした。

改案

次韻客中喫茶
巖巒突兀漠西涯
繫馬紅榴樹下家
風繞中庭客氈上
胡児親勧一瓶茶

「客中喫茶《かくちゅうきっさ》」に次韻《じいん》す
巖巒突兀《がんらんとつこつ》たり　漠西《ばくせい》の涯《はて》
馬《うま》を繫《つな》ぐ　紅榴樹下《こうりゅうじゅか》の家《いえ》
風《かぜ》は繞《めぐ》る　中庭《ちゅうてい》　客氈《かくせん》の上《うえ》
胡児《こじ》　親《した》しく勧《すす》む　一瓶《いっぺい》の茶《ちゃ》

推敲

次韻詩として穏当な仕上がりとなったのだが、よくよく見ると、起句の「巖巒突兀」（連なる岩山がごつごつと突き出ている）が、詩の中で浮いてしまっている。そこでこれを「遥遥千里」と代える。こうすることで、はるばる遠くまでやってきたということがよく表れるだろう。もう一つ、結句の「親」（親しげに）がインパクトに欠ける。ここを「懇」（手厚く）とすると、有難みが一層増すのである。

次韻客中喫茶

遥遥千里漠西涯
繫馬紅榴樹下家
風繞中庭客氈上
胡児慇懃一瓶茶

「客中喫茶《かくちゆうきつさ》」に次韻《じいん》す
遥遥千里《ようようせんり》　漠西《ばくせい》の涯《はて》
馬《うま》を繫《つな》ぐ　紅榴樹下《こうりゆうじゆか》の家《いえ》
風《かぜ》は繞《めぐ》る　中庭《ちゆうてい》　客氈《かくせん》の上《うえ》
胡児《こじ》　慇《ねんご》ろに勧《すす》む　一瓶《いつぺい》の茶《ちや》

【訳】「客中喫茶」に次韻する／沙漠の西の涯まではるばる旅して来て、赤い柘榴《ざくろ》の下の家に馬をつないだ。風がめぐる中庭で絨毯の上に座っていると、トルコ人の子供が手厚くチャイを勧めてくれた。

直伝

芝居で言えば大道具にあたる、家の辺りにある木なども、状況に合わせていろいろ変化させる。この詩の場合の「紅榴」や、前の詩の「葡萄」など、芝居の雰囲気を盛り上げていることに気づくであろう。

原案

24 フィクションとして、最適の場を設定する

征西蒙古　穹廬

穹廬迎我緑洲隅
蒙古婦人陳酪酥
曽是縦横疾駆地
今求糊口賈歓娯

西蒙古《にしもうこ》に征《ゆ》く　穹廬《きゅうろ》　I・K生

穹廬《きゅうろ》我《われ》を迎《むか》う　緑洲《りょくしゅう》の隅《ぐう》
蒙古《もうこ》の婦人《ふじん》　酪酥《らくそ》を陳《つら》ぬ
曽《かつ》て是《こ》れ　縦横《じゅうおう》　疾駆《しっく》の地《ち》
今《いま》は口《くち》に糊《のり》するを求《もと》めて　歓娯《かんご》を賈《う》る

【訳】西モンゴル紀行　穹廬／モンゴル族のテントが私をオアシスの片隅に迎え、モンゴル族の婦人がチーズを並べる。かつてはこの地を自由に走り回っていたのに、今は生活のために（旅人に）娯楽を提供している。【語釈】**穹廬**＝遊牧民のテント。ゲル。パオ。**緑洲**＝ここではオアシスの意で用いた。**酪酥**＝乳製品。チーズ。**糊口**＝細々と暮らしを立てること。**歓娯**＝喜び楽しむこと。娯楽。

推敲

この詩は元来「征西蒙古三首」の連作として、作者が中国内蒙古自治区を訪ねた際の体験をもとにして作ったもの。作者の弁によれば、モンゴル族のテントを訪れた際に実際に応対してくれ

たのは、家畜を飼うだけでは暮らすのが難しいと述べていたモンゴル族の中年の女性であったとのこと。しかし実際の状況はどうあれ、作中世界ではその場にふさわしい雰囲気に設定する必要がある。それゆえ、ここはモンゴル族の老夫婦が接待してくれたという設定にしつらえ、承句の「婦人」を「爺嬢《やじょう》」（お爺さんとお婆さん）とし、それを起句の「穹廬」の語と差し替えて、モンゴル族の老夫婦が私を迎えてくれたとするのである。

ところで「穹廬」の「廬」字は魚韻であり、虞韻と通押することができる。結句の「買歓娯」は落ち着きが悪いし、あまり雅《が》な感じがしないので、ここを「誘穹廬」（テントへ誘い入れる）としよう。そもそも転句の「駆」字と結句の「糊」字とはともに虞韻に属する字であり、原案のままでは冒韻となる。いくら冒韻は問わないとは言え、冒韻の字が二つもあるのは好ましくない。魚韻を主韻目とすればこの冒韻の問題は解消されるのである。さりとて、このままでは二種類の韻をA・Bとすると、「起句（A）、承句（A）、結句（B）」という通韻となり、格律から外れるので、承句も魚韻の韻字に変えなければならない（「A・B・B」が正しい通韻の法）。そこで承句はモンゴル族の酒食を詠じて、「乳酒酪酥多菜蔬」（馬乳酒やチーズなどといった料理がたくさん提供された）としよう。

征西蒙古　穹廬

爺嬢迎我緑洲隅
乳酒酪酥多菜蔬
曽是縦横疾駆地
今求糊口誘穹廬

西蒙古《にしもうこ》に征《ゆ》く　穹廬《きゅうろ》
爺嬢《やじょう》　我《われ》を迎《むか》う　緑洲《りょくしゅう》の隅《ぐう》
乳酒《にゅうしゅ》　酪酥《らくそ》　菜蔬《さいそ》　多《おお》し
曽《かつ》て是《こ》れ　縦横《じゅうおう》　疾駆《しっく》の地《ち》
今《いま》は口《くち》に糊《のり》するを求《もと》めて　穹廬《きゅうろ》に誘《いざな》う

【訳】西モンゴル紀行　穹廬／老夫婦が私をオアシスの片隅に迎え、馬乳酒を杯に注ぎチーズを勧めてくれる。かつてはこの地を自由に走り回っていたのに、今は生活のために旅人をモンゴル族のテントに誘い入れる。

直伝

この詩の主眼は、蒙古の今昔の変化にある。そのためには、「蒙古の婦人」より「爺嬢」（年をとっている）のほうが登場人物としてふさわしい。年を経ている、ということが、変化を体験していることを暗示し、主題を強く訴えることになる。フィクションがそれらしくあるべきは、当然のこと。

25 強調した描写・表現でパンチを効かせる

征西蒙古　黒城懐古　　I・K生

熱風焼石爍胡塵
黒水城辺炎気屯
曽是繁華商賈地
今存崩壁漠中泯

西蒙古《にしもうこ》に征《ゆ》く　黒城懐古《こくじょうかいこ》
熱風《ねっぷう》 石《いし》を焼《や》き 胡塵《こじん》を爍《や》く
黒水城辺《こくすいじょうへん》 炎気屯《えんきたむろ》す
曽《かつ》て是《こ》れ 繁華《はんか》 商賈《しょうこ》の地《ち》
今《いま》 崩壁《ほうへき》を存《そん》して 漠中《ばくちゅう》に泯《ほろ》ぶ

【訳】西モンゴル紀行　黒城の往時を振り返って／熱風が石を焼き、異郷の砂塵を焼きつける。黒水城のあたり、暑熱が集まりとどまっている。ここはかつて商業の町として繁栄したところ。今は崩れた城壁を残して砂漠の中に滅びている。【語釈】**黒城**＝黒水城。中国内蒙古自治区阿拉善盟《アラシャンめい》・額済納旗《エズネーき》にある西夏《せいか》の遺跡カラホトのこと。ゴビ砂漠の中にある。**爍**＝金属を溶かすほどの高温で焼くこと。**胡塵**＝異郷の塵。特に中国北方から西方にかけての、草原・砂漠地帯に立つ塵を言う。**商賈**＝商人。黒水城はシルクロードの交易によって栄えたという。**漠中泯**＝砂漠の中でほろびる。「泯」は、音ミン、またビン。

前作と同じく、作者が中国内蒙古自治区を訪ねた際の体験をもとにして作ったもの。

起句は、「熱風」が一帯の「石」と「塵」とを焼くと詠じているが、実際に石や砂を焼くのは灼熱の太陽であろう。ならばその灼熱地獄を強調するためにあえて太陽を出さず、「風」すらも焼いてしまうという意味で「焦風爍石」（風を焦がし石を爍《や》く）としてはどうか。詩語としては「焼石」よりも「爍石」のほうがよい。下三字は、風が吹けば塵は飛ぶものなので「舞胡塵」（胡塵舞う）とするのがよかろう。承句の「炎気屯」では今一つパンチが効かない。砂漠での暑さをより強調するために「炎帝瞋」（夏の神が怒っているかのようだ）とする。こうすれば、ぎらつく太陽が暗黙のうちに連想されよう。転句の「商賈地」はあまり雅《が》ではないので、「緑洲地」（オアシスの地）とする。炎（赤）と緑の色の対照もよく効いてくる。また、地名の黒水も炎と相俟《ま》ってどぎつい効果を挙げているのも面白い。

結句、「崩れた壁を残して、（昔の繁華の商人の地が）砂漠の中に泯《しず》む」というのはどうだろうか。実際には、崩れた壁が砂中に埋もれている状況が見えているのだから、二字目の「存」を「看」（看《み》る）に代えるとすっきりする。当然、町全体も埋もれていることが想像されるのである。しずむ、は「泯」より「湮《イン》」（しずむ、うもれる、の意）がよい。二字では、「湮滅」「湮没」などの語がよく使われる。これにより、かつてここは繁栄したオアシスの町だったが、今は崩れた城壁が砂漠に埋もれているのが見えるだけだという意味となり、過去と現在の対比がより鮮明になるであろう。

征西蒙古　黒城懐古

焦風爍石舞胡塵
黒水城辺炎帝瞋
曽是繁華緑洲地
今看崩壁漠中湮

西蒙古《にしもうこ》に征《ゆ》く　黒城懐古《こくじょうかいこ》
風《かぜ》を焦《こが》し 石《いし》を爍《や》き　胡塵《こじん》舞《ま》う
黒水城辺《こくすいじょうへん》　炎帝瞋《えんていいか》る
曽《かつ》て是《こ》れ　繁華《はんか》　緑洲《りょくしゅう》の地《ち》
今《いま》看《み》る　崩壁《ほうへき》の　漠中《ばくちゅう》に湮《しず》むを

【訳】西モンゴル紀行　黒城の往時を振り返って／風を焦がし石を焼き、異郷の砂塵が舞い上がる。黒水城のあたり、夏の神が怒り狂う。ここはかつてオアシスの町として繁栄したところ、今は崩れた城壁が砂漠に埋もれているのが見えるばかり。

直伝

パンチの効く語をえらぶ。

26 過去と現在の対比を鮮明にする

原案

荘城懐古

野●望●遥○遥○関○八●州◎
荘●城○開○幕●墨●江○頭◎
誰○知○今○日●此●栄○耀●
林○立●摩○天○千○尺●楼◎

荘城懐古《じんじょうかいこ》　Y・N女

野望《やぼう》　遥遥《ようよう》たり　関八州《かんはっしゅう》
荘城《じんじょう》　幕《ばく》を開《ひら》く　墨江《ぼくこう》の頭《ほとり》
誰《たれ》か知《し》らん　今日《こんにち》の此《こ》の栄耀《えいよう》を
林立《りんりつ》して天《てん》を摩《ま》す　千尺《せんじゃく》の楼《ろう》

【訳】江戸の昔を振り返って／見渡せば広々とした関東八州、江戸幕府が隅田川のほとりに開かれた。一体当時の人の誰が今日の繁栄を知り得ただろうか。天を摩すがごとき高層ビルが林立するこの姿を。【語釈】**荘城**＝江戸の別称。現在の東京。**野望**＝遠く野づらをながめやること。**関八州**＝関東八州の略で、旧相模、武蔵、安房、上総、下総、常陸、上野、下野の総称。**開幕**＝幕府を開く。**墨江**＝東京都内を流れる隅田川。**栄耀**＝さかえかがやく。「栄華」に同じ。**千尺**＝一尺は約三十センチメートル。千尺は約三百メートル。

江戸の昔を振り返るという懐古詩。このような懐古詩では、過去と現在とを対比的に詠ずるのが常套手法であり、この作品もそのような構成になっているのだが、ところどころに傷がある。まず起句は、現在と対比させるために、ここは「一望荒蕪」（見渡す限りの荒野原）と改めよう。承句の「開幕」は、詩語としてより熟している「開府」とするのが穏当である。また承句は、場所をいう「墨江の頭」が下にあるので、「荏城」という必要はなく、「英雄」として徳川家康を出すほうがよい。

後半部分は転句の下五字に和習の嫌いがある。「今日」「此」「栄耀」の各語は別に和語というわけではないが、「今日の此の栄耀」と並べた形が和語の発想なのである。そこで、ここは今昔の違いを出すためにも、江戸に幕府が置かれた当初に焦点を絞り、さらに承句の「墨江」と脈絡を持たせて「枯蘆岸」（枯れ蘆の岸）とする。そして転句に「昔日」を、結句に「今見」を配置することによって、過去と現在の対比をより明確に表すことができるのである。なお、「摩天」と「千尺」とは同じ意味なので、「千層万戸楼」（数え切れないほどの高層ビル）ぐらいにしておく。

完成

荏城懐古

一望荒蕪関八州
英雄開府墨江頭
誰知昔日枯蘆岸
今見千層万戸楼

荏城懐古《じんじょうかいこ》

一望《いちぼう》の荒蕪《こうぶ》 関八州《かんはっしゅう》
英雄《えいゆう》 府《ふ》を開《ひら》く 墨江《ぼくこう》の頭《ほとり》
誰《たれ》か知《し》らん 昔日《せきじつ》 枯蘆《ころ》の岸《きし》
今《いま》見《み》る 千層万戸《せんそうばんこ》の楼《ろう》

【訳】江戸の昔を振り返って／かつて関東八州は見渡す限りの荒野原であったが、徳川家康が幕府を隅田川のほとりに開いた。その昔は枯れ蘆の岸辺だった所に、今や数え切れないほどの高層ビルが林立しているのを目にするとは誰が予想したであろうか。

直伝

「荏城」（「荏」は和訓「エ」。えごま、の意。荏原《エバラ》という地名がある。ここはエドの町＝城の意）「墨江」（「墨〈スミ〉」と、「隅〈スミ〉」の音通）など、先人が工夫し開発した、固有名詞の雅称を活用する。

27 前半・後半の流れに留意する

金陵懐古

城外岡陵半没榛
南唐夢去物皆春
莫憐後主身為虜
只愛風流不愛民

金陵懐古《きんりょうかいこ》　M・T生

城外《じょうがい》の岡陵《こうりょう》　半《なか》ば榛《しん》に没《ぼっ》す
南唐《なんとう》の夢《ゆめ》去《さ》りて　物《もの》皆《み》な春《はる》なり
憐《あわ》れむ莫《な》かれ　後主《こうしゅ》の身《み》　虜《とりこ》と為《な》りしを
只《た》だ風流《ふうりゅう》を愛《あい》して　民《たみ》を愛《あい》せざればなり

【訳】金陵の昔をしのぶ／南京城外にある岡は半ば藪《やぶ》におおわれている。南唐の夢のような華やかさは過ぎ去り、すべての物は春のよそおい。後主である李煜《りいく》が宋《そう》の虜となったのを憐れむ必要はない。なぜなら、彼はただ風流を愛し、民を愛さなかったのだから。【語釈】**城外岡陵**＝五代十国期の南唐の前主李昪《りべん》と中主李《り》璟《けい》の陵墓で、南京の南郊にある。**榛**＝本来はハシバミ。ここでは草木が乱れ茂っているさま。**後主**＝南唐三代目にして最後の国王、李煜（九三七～九七八）のこと。宋に侵攻され、宋の捕虜となった。専ら風流を愛し詞を詠じて、国を滅ぼす結果を招いた。

推敲

起句の「岡陵」は、あまり使わない語だ（宋の蘇轍《そてつ》「黄州快哉亭記《こうしゅうかいさいていき》」に「岡陵起伏、草木行列」という用例があるにはある）。これは「王陵」に改めるのがよい。これなら、南唐の王墓を詠ずるという懐古詩であることがより明確に伝わるのである。また、承句の下三字「物皆春」では、上四字とのつながりが悪いため、「幾経春」（幾《いく》たびか春を経《へ》たる）とする。

この詩は、詩としての出来映えはよさそうだが、よく考えると、前半と後半とで微妙な食い違いが見えてくる。結句の「風流を愛して民を愛せず」という政治論を述べるならば、前半の二句は適切だろうか。結句を強調するためには、前半に「後主」の豪奢ぶりを表す語があるとよりよい。そこでさらに推敲し、承句の「南唐」を「栄華」に代えてみる。これで完成。よい詩ができた。

完成

金陵懐古

城外王陵半没榛
栄華夢去幾経春
莫憐後主身為虜

金陵懐古《きんりょうかいこ》

城外《じょうがい》の王陵《おうりょう》 半《なか》ば榛《しん》に没《ぼっ》す
栄華《えいが》の夢《ゆめ》去《さ》りて 幾《いく》たびか春《はる》を経《へ》たる
憐《あわ》れむ莫《な》かれ 後主《こうしゅ》の身《み》 虜《とりこ》と為《な》りしを

只愛風流不愛民　　只《た》だ風流《ふうりゅう》を愛《あい》して　民《たみ》を愛《あい》せざればなり

【訳】金陵の昔をしのぶ／南京城外にある南唐の王墓は半ば藪におおわれている。栄華の夢は過ぎ去り、あれから幾たびの春を経たことか。後主である李煜が宋の虜となったのを憐れむ必要はない。なぜなら、彼はただ風流を愛し、民を愛さなかったのだから。

28 適切な語に改め、韻を変える

原案

漁歌子　相模湾迎春

歳●旦●出●舟○海●上●回◎
洋○洋○江○水●曙●光○催◎
紅○旭●日●
白●蓬○莱◎
新○春○瑞●気●自●東○来◎

漁歌子《ぎょかし》　相模湾《さがみわん》に春《はる》を迎《むか》う　S・K女

歳旦《さいたん》　舟《ふね》を出《いだ》して　海上《かいじょう》に回《めぐ》れば
洋洋《ようよう》たる江水《こうすい》　曙光《しょこう》催《もよお》す
紅《あか》き旭日《きょくじつ》
白《しろ》き蓬莱《ほうらい》
新春《しんしゅん》の瑞気《ずいき》　東《ひがし》より来《き》たる

【訳】相模湾にて春を迎える／元旦に舟を出し海上を回ると、満々と湛えた川の水に曙《あけぼの》の光が現れてくる。赤い朝日に、白い富士。新春のめでたい気が、東のかたから昇りくる。【語釈】**相模湾**＝神奈川県に面した湾状の海域。**歳旦**＝一月一日の朝、元旦。**蓬莱**＝中国の神仙思想で説かれる想像上の仙境。東海の島にあり、仙人が住む不老不死の地と信じられた。ここでは富士山をなぞらえた。**瑞気**＝めでたい雲気。めでたく神々《こうごう》しい雰囲気。

これは七言絶句ではなく、中唐の張志和《ちょうしわ》の「漁父歌《ぎょほか》」がそのはじまりとされる詞《ツー》。七言絶句の第三句を三字ずつの対句に仕立て、なおかつ「○●●、●○◎」という平仄にして韻もふむという形式。副題に「相模湾迎春」とあり、元旦に船で相模湾を周遊し、富士山を眺めつつ初日の出を拝むという設定なのだが、まず、一番大きい問題は、富士山を「蓬萊」山になぞらえるより、ここでは「芙蓉（ハス）」になぞらえるほうが、「白」の形容語にふさわしいこと。そこで原案の仄韻ではなく、「蓉」字の属する冬韻で押韻する作品に改める。また、この「漁歌子」は全部で四つの韻字を使用するのであるが、冬韻は、東韻と通韻することが許容されているので、冬韻を主韻目としつつ東韻を副韻目として利用すると、韻字の幅がぐっと広がる。ただし絶句の場合は、「起句（A）、承句（B）、結句（B）」のように、起句のみに副韻目を用いる決まりなので、この「漁歌子」の場合も、三字の対句の一方に主韻目（B）、すなわち冬韻を用いなければならない。

こうした点を踏まえて本詩を改めてみる。まずは起句の下三字を「半島東」（東韻）としよう。上の二字は「出舟」を「浮舟」とする。また承句原案の「江水」（川の水）が不適切。ここは海上を行く船の状況に限定して「風帆軽快海波重」（風を受けた帆は海の波が重なる中を軽やかに行く。冬韻）と改める。最後に、結句の下三字を「洗塵胸」（世俗にまみれた心のうちを洗い清める。冬韻）とすると、海上で初日の出を迎える際のすがすがしさがうまく表現できよう。

完成

漁歌子　相模湾迎春

歳旦浮舟半島東

風帆軽快海波重

紅旭日

白芙蓉

新春瑞気洗塵胸

漁歌子《ぎょかし》　相模湾《さがみわん》に春《はる》を迎《むか》う

歳旦《さいたん》　舟《ふね》を浮《う》かぶ　半島《はんとう》の東《ひがし》

風帆《ふうはん》　軽快《けいかい》にして　海波《かいは》重《かさ》なる

紅《あか》き旭日《きょくじつ》

白《しろ》き芙蓉《ふよう》

新春《しんしゅん》の瑞気《ずいき》　塵胸《じんきょう》を洗《あら》う

【訳】相模湾にて春を迎える／元旦に伊豆半島の東に舟を浮かべると、帆は軽快に進み、海に立つ波は重なっていく。赤い朝日に、白い富士。新春のめでたい気が、世俗にまみれた私の心を洗い、すがすがしい気分にしてくれる。

直伝

「漁歌子」は、七言絶句の変形で、三字の対句が見どころである。平仄の様式は絶句に準拠するので、存外に作りやすい。

元旦

灰↓
東・冬通韻

門人の稽古場 二　古典を利用した作詩

後藤 淳一

思いついた句をまず結句に据える

ここ数年、夏休みに櫻林詩會の有志で、静岡の山中に暮らす会友を訪れることが恒例となっている。この年《ねん》に一度の訪問を我々は「山中訪隠」と呼び、そのつど詩に詠じてきた。ある年、いつものように皆で酒を飲んでいる時、ふと、「一年に一度の出会いか……。まるで七夕の織姫と彦星だな」と頭の中で独りごち、「恰似牽牛織女期（恰《あた》かも似《に》たり 牽牛《けんぎゅう》 織女《しょくじょ》の期《き》）」という句が浮かんだ。平仄もうまくはまっている。そこでひそかにこの句を腹に収めて東京に戻り、他の句の作成に取りかかった。

件《くだん》の句は、やはり結句にしつらえた方がインパクトがあると思い、まずはこれを導く転句を考えねばならない。ここは奇をてらわず、素直に、「一年一度鷗盟会（一年《いちねん》 一度《いちど》 鷗盟《おうめい》の会《かい》）」としてみた。「鷗盟」は『列子』黄帝篇の故事を踏まえた語で、浮き世の欲望とは無縁の、風雅の人士の集まり（特に詩歌の遊び）を言う。これで後半部はできたので、次に詩の前半に頭をひねることとなる。結句の韻字は「期」字なので、支韻から他の韻字を探さなくてはならない。

使いたい語を中心に句を作る

ところで織姫と彦星と言えば、「古詩十九首」其十の「迢迢牽牛星／皎皎河漢女」の句ではじまる詩が有名であり、さらにその結びの「盈盈一水間／脈脈不得語」（盈盈《えいえい》たる一水の間、脈脈として語るを得ず）が印象深い。天の河を挟んで、彦星と織姫はじっと見つめ合うだけで言葉も出ない。年に一度ようやく会えた喜び、一夜かぎりでまた離れ離れとなってしまう悲しみ。その複雑な感情が「脈脈」という一語に集約されていると言ってもよい。この会友宅は渓流沿いにあり、我々が立ち去る際はいつも、橋の途中まで渡った所で一旦車を止め、川岸で手を振る彼の姿をしばし目に焼きつけた後、後ろ髪引かれる思いで車を再発進させるのである。となればぜひともこの「脈脈」の語を用いたい。詩の前半は年に一度友と会い、別れ際にしばし見つめ合う、という設定にするのが最もふさわしい。そこで起句を、「終夜尽歓成別離」（終夜《しゅうや》　歓《かん》を尽《つ》くして　別《べっ》離《り》と成《な》り）」とした。「終夜尽歓」は男女の秘め事をも連想させるので、結句への巧《うま》い伏線となろう。これを承ける承句は「隔渓脈脈送行時」（渓《けい》を隔《へだ》てて脈《みゃく》脈《みゃく》たり　行《ゆ》くを送《おく》るの時《とき》）」とした。「脈脈」の語も巧くはめ込めたと思われる。

ただ、改めて詩の全体を眺め渡した時、どうも転句の「鷗盟」の語が浮いてしまっているように思えた。この詩は、年に一度の友との邂逅を織姫と彦星の逢い引きになぞらえているのだから、終始、七夕の情景にしつらえるべきである。この時、ふと思いついた。我々の訪問は大体お盆の時期であり、旧暦では秋の初め。七月七日も旧暦では秋の初めなのだから、「鷗盟の会」を「早秋の会」にすればよいのだ、と。こうして最終的に以下の作品となった。

山中訪隠
終夜尽歓成別離
隔渓脈脈送行時
一年一度早秋会
恰似牽牛織女期

山中《さんちゅう》に隠《いん》を訪《たず》ぬ
終夜《しゅうや》 歓《かん》を尽《つ》くして 別離《べつり》と成《な》り
渓《けい》を隔《へだ》てて 脈《みゃく》脈《みゃく》たり 行《ゆ》くを送《おく》るの時《とき》
一年《いちねん》 一度《いちど》 早秋《そうしゅう》の会《かい》
恰《あた》かも似《に》たり 牽牛《けんぎゅう》 織女《しょくじょ》の期《き》

【訳】夜通し酒を酌み交わして、心ゆくまで楽しい時を過ごした後は、悲しい別れとなり／旅立つ我々を見送る際は、渓流を挟んで互いにじっと見つめ合ったまま／友とは一年に一度、秋の初めに会えるだけ／まるで七夕の時の、織姫と彦星の逢い引きのようだ。

29 主題にふさわしい語を選ぶ

原案

慶祝成婚　贈某学兄

双鵲同居台麓阿
薫風連理共高歌
蒼天之気方清浄
壮志飛翔凌世波

慶祝成婚《けいしゅくせいこん》　某学兄《ぼうがくけい》に贈《おく》る　K・H生

双鵲《そうじゃく》 同居《どうきょ》す 台麓《だいろく》の阿《くま》
薫風《くんぷう》 連理《れんり》 共《とも》に高歌《こうか》す
蒼天《そうてん》の気《き》 方《まさ》に清浄《せいじょう》たり
壮志《そうし》 飛翔《ひしょう》 世波《せいは》を凌《しの》がん

【訳】結婚を祝い某学兄に贈る／上野の丘に住む番《つが》いの鵲《かささぎ》が、初夏の風が吹く頃、連なった枝の上でともに高らかに歌っている。空は今まさにすがすがしく晴れ渡っている。この二羽は、勇ましい志をもって飛び、世の荒波を越えていくことであろう。【語釈】**双鵲**＝二羽のかささぎ。鳴き騒ぐと喜びが生じると言われる。また新郎は鍼灸師なので、古代の名医（鍼師）「扁鵲《へんじゃく》」の名から「鵲」字を用いた。**台麓**＝東京都台東区上野のこと。新郎の新居がある。上野は東台（東の天台山）と呼ばれた。**連理**＝連理の枝。夫婦または男女の愛情深い契りを言う。白楽天「長恨歌」に「在地願為連理枝」（地に在りては願はくは連理の枝と為らん）とある。**蒼天之気**＝さわやかな青空の空気。漢代の鍼灸書『素問《そもん》』生気通天論《せいきつうてんろん》篇に「蒼天之気清浄 則志意治」（蒼天の気清浄なれば則ち志意治まる）とあるのを踏まえる。

これは友人の結婚を祝う作であるから、それなりにふさわしい詩語を選ばなければならない。その点から原案を見てみると、まず起句の「双鵲同居」が落ち着きの悪いものとして目につく。「同居」という語は人間について言うものであり、鳥の場合は「棲」の字を用いるのがよい。また「双」と「同」は、ともに「一緒に」という意味で重複の嫌いがある。そこでこれを「喜鵲双棲」と改めよう。これにより友人が伴侶を得たことを「喜」ぶ気持ちが前面に出るし、新婚の二人をつがいの鵲になぞらえた見立ても自然なものとなる。次に、承句の「連理」は、白居易の「長恨歌」にあるように、男女の深い愛情を示すのに常套的手法だが、承句以外の句に「木」に関する語が出てこないので、敢えてここで「連理」を用いる必要性はなかろう。「薫風吹処」（薫風吹く処《ところ》）としておくのが無難である。

転句の「蒼天之気」は、語釈にあるように針灸書にある語で、詩語としては馴染みがないが、詩を贈る相手が鍼灸師仲間であることを考えれば、このままでもよいだろう。ただ結句の「壮志」は、いかにも勇ましい言葉で、男女相愛・家族円満を願う祝婚歌としてふさわしくない。そこでこれを下の「飛翔」に合わせて「万里」に改める。こうすることで、二人が大空をどこまでも遠く飛んでいってほしい、という願いがすんなり表され、晴れやかな二人の門出を祝福する詩として、よい形になるのである。

完成

慶祝成婚　贈某学兄

喜鵲双棲台麓阿
薫風吹処共高歌
蒼天之気方清浄
万里飛翔凌世波

慶祝成婚《けいしゅくせいこん》　某学兄《ぼうがくけい》に贈《おく》る

喜鵲《きじゃく》　双棲《そうせい》す　台麓《だいろく》の阿《くま》
薫風《くんぷう》吹《ふ》く処《ところ》　共《とも》に高歌《こうか》す
蒼天《そうてん》の気《き》　方《まさ》に清浄《せいじょう》たり
万里《ばんり》　飛翔《ひしょう》して　世波《せいは》を凌《しの》がん

【訳】結婚を祝い某学兄に贈る／上野の丘に住む番いの鵲が、初夏の風の中、ともに高らかに歌っている。すがすがしさあふれる晴れ渡った空を、この二羽はどこまでも高く遠く飛んで、世の荒波を越えていくことであろう。

直伝

祝いの詩には、それぞれによく使われるめでたい言葉があるので、よく吟味して用いるようにする。

30　語の意味やつながりに留意する

己丑春分慶祝岳堂石川先生喜寿

己丑《きちゅう》 春分《しゅんぶん》 岳堂石川先生《がくどういしかわせんせい》の喜寿《きじゅ》を慶《よろこ》び祝《いわ》う　K・T生

茶○水●桜○花○喜●寿●春◎
翰●林○慶●賀●聖●堂○人◎
門○生○雅●集●興○詩○会●
伴●有●清○風○気●自●純◎

茶水《ちゃすい》の桜花《おうか》　喜寿《きじゅ》の春《はる》
翰林《かんりん》　慶賀《けいが》す　聖堂《せいどう》の人《ひと》
門生《もんせい》　雅集《がしゅう》して　詩会《しかい》を興《おこ》せば
伴《とも》に清風《せいふう》有《あ》りて　気《き》　自《おのず》ら純《じゅん》なり

【訳】二〇〇九年己丑春分に岳堂石川先生の喜寿を喜び祝う／御茶ノ水のほとりに桜の花が咲き誇り、喜寿をお迎えになった時節、文人仲間たちは湯島聖堂の理事長を務められる先生をお祝い申し上げます。教え子達があい集《つど》って櫻林詩會を興せば、清風が吹き渡り、あたりの気配は純一なものとなるのです。【語釈】春分＝二十四節気の一つ。春の彼岸の中日。**翰林**＝詩壇、文壇をいう。**聖堂**＝東京都文京区湯島にある湯島聖堂のこと。**雅集**＝風流な集い。

これは、二〇〇九年の春に私が七十七歳の喜寿を迎えたのを、櫻林詩會の門弟達が祝ってくれた作品の中の一つである。当時は喜びのあまり、各人の献詩をありがたく受け取るだけであったが、改めてこの作品を読み返すと、いろいろとアラが見えてくる。

まず、題の「慶祝」は和語臭い。「慶賀」とする（「祝」は、いのる、が原義である）。起句の上四字「茶水桜花」と下三字「喜寿春」はつながりが悪い。そこで、前半を「茶水桜花爛漫春迎来喜寿聖堂人」としてみよう。「聖堂人」とは、なんともくすぐったいのだが。後半の「興詩会」は、門弟たちが詩会を興したことになり、おかしいので、「呈詩処」（詩を呈する処）ぐらいでどうか。結句の「伴に」とあるのは、何と伴に、なのか意味が通じない。また、「気自純」というのも、わかったようでわからない。そこで「風払芳筵気自春」（風は芳筵を払いて 気 自ら春なり）とする。「春」は起句に使っているので、いっそ起句を「迎得桜花爛漫辰」（迎え得たり桜花爛漫の辰――「辰」は、とき、の意）としよう。すると、「迎」が承句の変更案「迎来」と重なってしまうため、承句の上二字を「相慶」（相《あ》い慶《よろこ》ぶ）ぐらいにして、これで一応でき上がり。

己丑春分慶賀岳堂石川先生喜寿

己丑《きちゅう》 春分《しゅんぶん》 岳堂石川先生《がくどういしかわせんせい》の喜寿《きじゅ》を慶《よろこ》び賀《が》す

迎得桜花爛漫辰
相慶喜寿聖堂人
門生雅集呈詩処
風払芳筵気自春

迎《むか》え得《え》たり桜花《おうか》 爛漫《らんまん》の辰《とき》
相《あ》い慶《よろこ》ぶ喜寿《きじゅ》 聖堂《せいどう》の人《ひと》
門生《もんせい》 雅集《がしゅう》して 詩《し》を呈《てい》する処《ところ》
風《かぜ》は芳筵《ほうえん》を払《はら》いて 気《き》 自《おのずか》ら春《はる》なり

【訳】二〇〇九年己丑春分に岳堂石川先生の喜寿を喜び祝う／桜の花が咲き誇る時を迎え、湯島聖堂の理事長を務められる石川先生の喜寿をお祝いいたします。教え子達が相集って、それぞれ先生にお祝いの詩を献呈する時、風が麗しい宴《うたげ》に吹き寄せて、あたりは春の気配に満ちあふれます。

31 人物の人となりを詠みこむ

謹呈袁行霈教授

時移物換辟雍傍
垂柳影濃蓮葉香
師訓饗筵如故在
燕園誰想是他郷

謹《つつし》んで袁行霈教授《えんこうはいきょうじゅ》に呈《てい》す　Y・M女

時移《ときうつ》り 物換《ものかわ》る 辟雍《へきよう》の傍《かたわ》ら
垂柳《すいりゅう》 影濃《かげこま》やかに 蓮葉香《れんようかん》ばし
師訓《しくん》 饗筵《きょうえん》 故《もと》の如《ごと》く在《あ》れば
燕園《えんえん》 誰《たれ》か想《おも》わん 是《こ》れ他郷《たきょう》と

【訳】謹んで袁行霈教授にささげる詩／時間の推移につれて物みな改まる北京大学のあたり。枝垂れ柳は夏の日に濃い影をおとし、蓮の葉は清く香っている。師の教えと、厚いおもてなしの宴会は二十年前の昔のまま変わらず、北京大学は本当に他郷とは思えない。【語釈】**袁行霈**＝字《あざな》は春澍《しゅんじゅ》、中国北京大学教授（一九三六年〜）。中国古典詩歌学の泰斗。**時移物換**＝歳月の移り変わりによって人工的な物は変わる。王《おう》勃《ぼつ》「滕王閣《とうおうかく》」に「物換星移幾度秋」（物換《ものかわ》り 星移る 幾度《いくたび》の秋）とある。**辟雍**＝（国立）大学。**饗筵**＝もてなしの宴。**燕園**＝北京大学のキャンパスの雅称。

作者が中国教育部（孔子学院総部）の「北京大学国際漢学家研修基地」の招聘《しょうへい》で一ヶ月ほど北京大学に滞在した時の作。現在、日本で大学教員となっている作者は、二十年前に一年間北京大学に留学し、袁行霈教授に教えを受けた。その袁行霈教授に再会した感激を詠じたとのことである。

まず、起句「辟雍」と結句「燕園」はともに大学を表す語で重複の嫌いがあるため、どちらかを変更する。承句に「蓮葉」という語が出てくるが、詩の中に水辺の描写がないため、そのハスが生えている場所をどこかで分かるように詠う必要がある。そこで「辟雍」を「泮池」（大学内にある池）に変更して、「蓮葉」の語を自然なものにする。

転句の上四字「師訓饗筵《しくんきょうえん》」（師の教えと、手厚いもてなしの宴会と）は落ち着きが悪い。かの教授は学会の大御所であり、学術を称揚することはあっても、もてなしの宴会を言う必要はないだろう。そこでこれを「慈訓温容」（慈《いつく》しみ深い教えと、おだやかな姿）と代える。これによって、教授の人となりを対語で表現することができた。

謹呈袁行霈教授

時移物換泮池傍
垂柳影濃蓮葉香
慈訓温容如故在
燕園誰想是他郷

謹《つつし》んで袁行霈教授《えんこうはいきょうじゅ》に呈《てい》す

時移《ときうつ》り　物換《ものかわ》る　泮池《はんち》の傍《かたわ》ら
垂柳《すいりゅう》　影濃《かげこま》やかに　蓮葉香《れんようかん》ばし
慈訓《じくん》　温容《おんよう》　故《もと》の如《ごと》く在《あ》れば
燕園《えんえん》　誰《たれ》か想《おも》わん　是《こ》れ他郷《たきょう》と

【訳】謹んで袁行霈教授にささげる詩／時間の推移につれて物みな改まる泮池（北京大学）のあたり。枝垂れ柳は夏の日に濃い影をおとし、蓮の葉は清く香っている。先生の慈しみ深い教えと温和なお顔は二十年前の昔のままで変わらず、北京大学は本当に他郷とは思えない。

直伝

対語を利用して効果的に表現する。

32 題詠を重ねたのち、時事の詩に挑戦する

海濤襲陸　詠東日本大震災　I・K生

流船破屋疾如雷
地震須臾海嘯来
三万無辜同日死
雖云天譴是何災

海濤陸《かいとうりく》を襲《おそ》う　東日本大震災《ひがしにほんだいしんさい》を詠《えい》ず
船《ふね》を流《なが》し 屋《おく》を破《やぶ》り 疾《はや》きこと 雷《かみなり》のごとし
地震《ちふる》えて須臾《しゅゆ》にして海嘯来《かいしょうきた》る
三万《さんまん》の無辜《むこ》 同日《どうじつ》に死《し》す
天譴《てんけん》と云《い》うと雖《いえど》も是《こ》れ何《なん》の 災《わざわい》ぞや

【訳】津波が陸地を襲う　東日本大震災を詠む／船を流し建物を壊《こわ》し、それはまさしく雷電のような速さであった。大地が震動してたちまち津波がやってきたのである。三万もの無辜の人々がその日のうちに亡くなってしまった。これは時の政治に対する天のとがめと言うが、いったいこれはなんの災いなのか。【語釈】海濤・海嘯＝ここでは津波のこと。須臾＝少しの間。たちまちに。無辜＝罪がない民間人。

この詩は、二〇一一年三月に起きた東日本大震災を詠じた時事詩である。震災の詩は、安政の大地震を詠じた成島柳北や三島中洲の「地震行」などがある。しかし、いきなり時事を詠ずるこ

とはできない。まずは題詠を重ねて練習することが肝要である。漢詩の稽古は絵の稽古と似ている。詩の言葉は、絵の具や筆などの道具に当たる。十分に道具を備えなければ上手に絵が描けないと同様、たくさんの言葉を使いこなせなければ良い詩はできない（そのためには辞書や詩語集の用意が必要になる）。題詠は絵で言うならばデッサンである。デッサンが上達したらスケッチに出かけて、自分で風景を切り取って描くように、漢詩も題詠をそつなく作れるようになって、初めて上達することができるのだ。このような下地ができれば、時事を詠ずることにも挑戦する。

起句の「流船」は「流れる船」の意となってしまうので「覆船」（船を覆《くつがえ》す）に改める。「疾如雷」は、災害のようなスケールの大きなものを詠じるには表現が弱い。そこで、「百街摧」（百街《ひゃくがい》摧《くだ》かる）と改める。結句の「雖云」は、理屈っぽい表現で、詩ではあまり使わないほうがよい。「誰云」（誰か云う）と代える。「天譴」は天罰の意であって、被災者にとっては悲惨な災害であるから、この語を用いる際には注意が必要である。転句で、大勢の無辜の民が死んでいることに対するやりきれない気持ちをよく表しているのだから、完成句のように変えれば、「誰云」がより効いてくるし、婉曲的な言い回しとなるであろう。

海濤襲陸　詠東日本大震災

覆●船○毀●屋●百●街○摧◎
地●震●須○臾○海●嘯●来◎
三○万●無○辜○同○日●死●
誰○云○天○譴●又●天○災◎

海濤陸《かいとうりく》を襲《おそ》う　東日本大震災《ひがしにほんだいしんさい》を詠《えい》ず
船《ふね》を覆《くつがえ》し　屋《おく》を毀《こぼ》ち　百街《ひゃくがい》摧《くだ》かる
地《ち》震《ふる》えて須臾《しゅゆ》にして海嘯《かいしょう》来《きた》る
三万《さんまん》の無辜《むこ》　同日《どうじつ》に死《し》す
誰《たれ》か云《い》う　天譴《てんけん》　又《ま》た天災《てんさい》と

【訳】津波が陸地を襲う／船が転覆し建物が破壊され、多くの街が壊滅した。大地が震動して少しの間をおいて津波がやってきたのである。三万もの無辜の人々がその日のうちに亡くなってしまった。これは時の政治に対する天のとがめとか、いや天災に過ぎないなどと誰が言うのか（そんな理屈は抜きにして、ただ亡くなった方々を悼むばかりだ）。

直伝

絵を鑑賞することも、作詩の肥やしになる。画家が風景のどこを切り取ってくるか、視点を何に当てているかなど、参考になる点が多い。

33 史実を効果的に踏まえる

早朝過川中島　時見妻女山漸霽

早朝《そうちょう》川中島《かわなかじま》に過《よぎ》る　時《とき》に妻女山《さいじょさん》の漸《ようや》く霽《は》るるを見《み》る

K・A女

曽賭乾坤二水間
朦朦煙霧罩塵寰
晨朝漸霽如当日
欺得姦雄是此山

曽《かつ》て乾坤《けんこん》を賭《と》す　二水《にすい》の間《かん》
朦朦《もうもう》たる煙霧《えんむ》　塵寰《じんかん》を罩《こ》む
晨朝《しんちょう》　漸《ようや》く霽《は》るるは当日《とうじつ》の如《ごと》し
姦雄《かんゆう》を欺《あざむ》き得《え》たるは　是《こ》れ此《こ》の山《やま》

【訳】早朝、川中島に立ち寄る。ちょうど妻女山が次第に晴れていくのを目にした／昔、千曲川と犀川の間で、信玄と謙信は天地を賭けて戦った。ぼうっとしたもやとかすみが人間世界を覆っている。早朝、次第に晴れていく様子は川中島の決戦の日のようだ。姦雄である信玄を欺いた作戦は、まさにこの山で行われたのだ。

【語釈】**川中島**＝長野県長野市南郊を流れる犀川と千曲川の合流地点から広がる地。武田信玄と上杉謙信が北信濃の支配権を巡って数次の戦いを行った。**妻女山**＝長野市にある山。武田軍は啄木鳥《きつつき》戦法で妻女山の上杉軍を攻撃しようとしたが、夜陰に乗じて移動した上杉軍に裏をかかれたという。**賭乾坤**＝天下を取るか全てを失うかという命運をかけた行動に出ること。 **二水**＝千曲川と犀川。 **煙霧**＝もやとかすみ。
塵寰＝人間世界。 **姦雄**＝奸智に長けた英雄。ここでは武田信玄をさす。

これは、作者が川中島の古戦場を訪れた際の光景を詠じたもの。作者の弁によれば、永禄四年（一五六一）秋の川中島の戦いでは、辰《たつ》の刻（午前八時頃）に濃霧が晴れ、作者が川中島に立ち寄った時も、ちょうど妻女山の朝霧が晴れていくさまが見られたので、それに焦点を絞ったとのこと。また起句は、金の元好問《げんこうもん》「楚漢戦処」詩に「当年曽此賭乾坤」（当年曽《かつ》て此《ここ》に乾坤《けんこん》を賭《と》す）とあるのを踏まえたという。

さて、この詩の問題点は承句にある。「煙霧　塵寰を罩む」は、場面にそぐわず、おかしい。「塵寰」とは広く人間世界をさすものであり、川中島という古戦場に限った話ではなくなる。ここは川中島という名の通り、中洲の情景を詠じたほうがよい。また、永禄四年の第四次決戦に焦点を絞るのであれば、その戦いは秋に行われたので、秋を示す語を入れるべきである。そこで承句は「中洲秋草至今閑」（中洲は秋草が茂り、今に至るまで静かだ）としよう。それに伴い、もやは転句に持っていき、「晨朝」の部分を「烟霏」（えんぴ・薄もや）と改めると、平仄も合いぴったりはまるのである。また、長い詩題で情景を説明しているが、詩を詠めばわかることなので、「過妻女山」（妻女山を過ぐ）と短く改めた。結句の「此の山」と応じ、かえって適切になった。

完成

過妻女山

曽賭乾坤二水間
中洲秋草至今閑
烟霏漸霽如当日
欺得姦雄是此山

妻女山《さいじょさん》を過《す》ぐ

曽《かつ》て乾坤《けんこん》を賭《と》す 二水《にすい》の間《かん》
中洲《ちゅうしゅう》の秋草《しゅうそう》 今《いま》に至《いた》りて閑《かん》なり
烟霏《えんぴ》 漸《ようや》く霽《は》るるは当日《とうじつ》の如《ごと》し
姦雄《かんゆう》を欺《あざむ》き得《え》たるは 是《こ》れ此《こ》の山《やま》

【訳】妻女山を過ぎる／昔、千曲川と犀川の間で、信玄と謙信は天地を賭けて戦った。中洲は秋草が茂り、今に至るまで静かだ。もやが晴れていくのは川中島の決戦の日のようだ。姦雄である信玄を欺いた作戦は、まさにこの山で行われたのだ。

原案

34 同字を意識的に使う

過奥州医王寺有感

K・A女

碧血古碑喬木囲
良臣南北絶無帰
可悲新婦倶仁孝
不着金花穿鉄衣

奥州《おうしゅう》の医王寺《いおうじ》に過《よぎ》りて感有《かんあ》り

碧血《へきけつ》の古碑《こひ》　喬木《きょうぼく》囲《かこ》む
良臣《りょうしん》　南北《なんぼく》して　絶《た》えて帰《かえ》る無《な》し
悲《かな》しむべし　新婦《しんぷ》　倶《とも》に仁孝《じんこう》にして
金花《きんか》を着《つ》けずして鉄衣《てつい》を穿《き》るを

【訳】奥州の医王寺に立ち寄って感慨をもよおす／忠義の血の染みた古い碑は高い木に囲まれている。兄の佐藤継信《つぐのぶ》は南の四国の屋島で、弟の佐藤忠信《ただのぶ》は北の京都で、ともに義経の郎党として討ち死にし、帰らぬ人となった。彼らの新妻たちが、二人ともつつしみ深く親孝行で、しゅうとめの悲しみを慰めようと、黄金の花飾りなどは着けずに、よろいを着たという話は、悲しい極みだ。【語釈】**奥州**＝陸奥国《むつのくに》（現東北地方）の別称。**医王寺**＝福島県にある真言宗の寺院。**碧血**＝忠臣の流した血。『荘子』外物《がいぶつ》篇の故事を踏まえる。**良臣南北**＝漢代の楽府《がふ》「戦場南《せんじょうなん》」に「何以南、何以北、思子良臣」（何を以て南し、何を以て北する。子《きみ》の良臣たらんことを思う）を踏まえる。**金花**＝黄金の花飾り。

作者が福島県の医王寺という寺に立ち寄った折に催した感慨を詠じたもの。この寺は源義経配下の武将、佐藤継信・忠信兄弟の菩提寺とのこと。義経が挙兵した際、兄弟は平家追討軍に加わったが、屋島の戦いでともに討ち死にし、兄弟の死後、妻たちは兄弟のよろいを着てしゅうとめを慰めたという。なお、詩題の「有感」は不要。わざわざ言うまでもないこと。

さて、詩の内容を子細に見ていくと、まず起句の「碧血」の語は、作者は『荘子』の典故を用いたと言うが、下の「古碑」とはつながらない。「碧血」とは、死者の血が地中で凝り固まって碧《あお》く変じたものであり、地上に建てられた「古碑」とは無関係であろう。そこでこれは「碧蘚《へきせん》」（あおい苔）などに改めたほうがよい。これなら古碑に生《む》したことになり、自然な表現となる。

承句は、古詩の句をうまく用いてなかなかよい。

転句は、「可悲」よりも「可憐」（憐れむべし）のほうが佐藤兄弟の妻たちを気の毒に思う気持ちの表現として適当であろう。また、「新婦倶仁孝」はわかりにくいので、「娣姒慰慈母」ぐらいがよい。娣《てい》は弟の妻、姒《じ》は兄の妻の意。古典に出る語である。結句は、「金花」を「金衣」にすれば「鉄衣」と対になり、詩としての面白さが増す。なお近体詩は一般に、同じ字を無意識に二度使う「同字相犯」を避けるが、このようにわざと使った場合には、同字を重出させたほうが句中対となって、むしろ面白みが出るのである。

過奥州医王寺

碧蘚古碑喬木囲
良臣南北絶無帰
可憐娣姒慰慈母
不着金衣着鉄衣

奥州《おうしゅう》の医王寺《いおうじ》に過《よぎ》る
碧蘚《へきせん》の古碑《こひ》　喬木囲《きょうぼくかこ》む
良臣《りょうしん》　南北《なんぼく》して　絶《た》えて帰《かえ》る無《な》し
憐《あわ》れむべし　娣姒《ていじ》　慈母《じぼ》を慰《なぐさ》めんと
金衣《きんい》を着《き》ずして鉄衣《てつい》を着《き》るを

【訳】奥州の医王寺に立ち寄る／こけむした古い碑は高い木に囲まれている。兄の佐藤継信は南の四国の屋島で、弟の佐藤忠信は北の京都で死に、優れた家来である二人は帰らぬ人となった。彼らの妻たちが、しゅうとめの悲しみを慰めようと、美しい衣を着ずによろいを着たという話は哀れをもよおす。

35 視覚・聴覚を動員して今昔の対比を出す

鶴舞藩克明館跡

克明道理意軒昂
鳴鶴翩翻千里翔
誌跡木牌将欲朽
館名大字映斜陽

鶴舞藩《つるまいはん》の克明館跡《こくめいかんあと》　W・M生

克《よ》く道理《どうり》を明《あき》らかにして　意《い》軒昂《けんこう》
鳴鶴翩翻《めいかくへんぱん》　千里《せんり》に翔《か》ける
跡《あと》を誌《しる》す木牌《もくはい》　将《まさ》に朽《く》ちんと欲《ほっ》し
館名《かんめい》の大字《だいじ》　斜陽《しやよう》に映《えい》ず

【訳】鶴舞藩の克明館跡にて／よく道理を明らかにして意気軒昂。有徳の藩士は日本全土を駆けめぐったものだ。藩校の跡を記す立て札はいままさに朽ちようとし、館名の大字が夕陽に照らされている。【語釈】**鶴舞藩克明館跡**＝千葉県市原市鶴舞にある旧鶴舞藩の藩校跡地。鶴舞藩は明治元年（一八六八）に遠州浜松藩が千葉県の上総に転封されたことで誕生し、明治四年の廃藩置県まで存続した。克明館は浜松藩の藩校として弘化三年（一八四六）に誕生し、浜松藩の上総転封に伴って当地に移転した。館名は『書経』堯典の「克明俊徳」（克《よ》く俊徳を明らかにす—賢能の士を見出すことができる）に由来すると思われる。**鳴鶴**＝鳴く鶴。徳のある者のたとえ。**翩翻**＝ここでは鶴が羽ばたいて空を飛ぶさま。**木牌**＝木の立て札。

作者が千葉県市原市にある鶴舞藩の藩校跡地を訪れた際、木の立て札の文字はほとんど読み取れず、かろうじて「克明館跡」の大字だけが読み取れた。そこで過去への憧憬、あるいは現在の世情に対するむなしさが胸中に湧き、その感慨を詠じたとのこと。

漢詩では、人名や地名などの固有名詞を詠み込む場合は、固有名詞の字面《じづら》が詩の中で活きるように細心の注意を払わなければならない。逆に言えば、字面の悪いものは使えない。この詩の場合は、起句に館名の「克明」を、承句に藩名の「鶴」を読み込み、さらにその鶴を、この克明館から巣立って行った多くの人材の比喩として用いているのはなかなか巧みである。

ただし詩の後半に問題点あり。転句の「誌跡」は意味が通じにくい。「古跡」に改めるのが無難であろう。これで古跡を記した立て札が朽ちかけ、夕陽のなかに立っている、という視覚に訴える流れができた。そこで結句の「館名大字」を「杜鵑声裏」に改め、こちらは聴覚に訴えるようにすると、視覚と聴覚がバランスよく動員されぐっとよくなる。「杜鵑」はホトトギス。鳴き声に「不如帰《ふじょき》」（帰ろうよ）の字を当て、望郷の思いを詠ずる際によくホトトギスを登場させる。鳴きホトトギスの鳴く中、朽ちかけた立て札が夕陽に照らされていると結べば、「克く道理を明らかにし、有徳な人材を輩出した」昔への郷愁といった意味合いも加味されよう。昔は鶴が鳴き、今はホトトギスが鳴く、という対比も生まれるのである。

鶴舞藩克明館跡

克明道理意軒昂
鳴鶴翩翻千里翔
古跡木牌将欲朽
杜鵑声裏映斜陽

鶴舞藩《つるまいはん》の克明館跡《こくめいかんあと》

克《よ》く道理《どうり》を明《あき》らかにして 意《い》 軒昂《けんこう》
鳴鶴翩翻《めいかくへんぱん》 千里《せんり》に翔《か》ける
古跡《こせき》の木牌《もくはい》 将《まさ》に朽《く》ちんと欲《ほっ》し
杜鵑声裏《とけんせいり》 斜陽《しゃよう》に映《えい》ず

【訳】鶴舞藩の克明館跡にて／よく道理を明らかにして意気軒昂。有徳の藩士は日本全土を駆けめぐったものだ。藩校跡に立つ木の立て札はいままさに朽ちようとし、ホトトギスの鳴く中、夕陽に照らされていた。

直伝

今昔の対比を際立たせる。

36 「誰も気づかない捉え方」が詠史のコツ

王昭君

胡風颯颯暮山青
紅粉啼痕去漢庭
玉闕金階長夜宴
百臣皆酔至尊醒

王昭君《おうしょうくん》　K・A女

胡風《こふう》　颯颯《さつさつ》　暮山《ぼざん》青《あお》し
紅粉《こうふん》　啼痕《ていこん》　漢庭《かんてい》を去《さ》る
玉闕《ぎょくけつ》　金階《きんかい》　長夜《ちょうや》の宴《えん》
百臣《ひゃくしん》　皆《みな》酔《よ》うも　至尊《しそん》醒《さ》む

【訳】王昭君／匈奴《きょうど》の地に風が吹きつけ、夕暮れの山は青い。紅とおしろいに涙の痕《あと》が混じったまま、（王昭君は）漢の朝廷を去る。宮廷の門や階段では夜遅くまで、和親政策の成功を祝う宴を開いている。しかし、臣下がみな酔っているのに皇帝だけが王昭君を匈奴に嫁がせたことを悔いて、酔うことができないままでいる。

【語釈】**王昭君**＝前漢の元帝の後宮にいた美女。絵描きに賄賂《わいろ》を贈らなかったために醜く描かれ、匈奴との和親政策のために匈奴の王の元へ嫁がされた。**颯颯**＝風の吹く音の形容。**紅粉**＝紅とおしろい。女性の化粧を言う。**玉闕金階**＝宝玉でできた宮門と金の階段。豪華な宮殿を言う。**至尊**＝皇帝に対する敬称。ここでは前漢の元帝をさす。

前漢の時代、匈奴との和親政策のために匈奴の王の元へ嫁がされた美女、王昭君を詠じたもの。承句で「紅粉啼痕」という表現で王昭君が泣きはらしたさまを詠じているが、それではあまりに露骨であり、なおかつ、王昭君が絵描きに賄賂を贈らなかったことを悔やんでいる愚かな女性ということにもなってしまう。ここは婉曲に暗い表情の美女を表す「寂寞花顔」（美しい顔は寂しさに鎖《とざ》されている）としよう。白楽天の「長恨歌」に、楊貴妃の魂が仙女となり、悲しみに沈む場面を「玉容寂寞《ぎょくようせきばく》として涙闌干《らんかん》」と詠っている（「花顔」も「長恨歌」中の語）。

また作者の弁によれば、結句は李商隠「龍池《りようち》」の「薛王沈酔寿王醒」（薛王《せつおう》は沈酔《ちんすい》し寿王《じゆおう》は醒《さ》む）を踏まえたものであるとのこと。「薛王」は唐の玄宗皇帝の弟、「寿王」は玄宗の息子で楊貴妃の最初の夫。右の李商隠の詩は、玄宗が息子の妻であった楊貴妃を奪い、自分の妻に迎える際の婚礼の様子を描いたものであり、「薛王」と「寿王」とを巧みに句中対の形で用いている点に妙味がある。ならば本詩でもその手法を採用したいが、「百臣」と「至尊」とでは対にならない。そこで「至尊」を、皇帝を指す語の「一人《いちにん》」としてみよう。これにより「百臣」「一人」と数詞を用いた句中対となり、詩としての面白さがぐっと出てくる。傑作になったかもしれない。

王昭君

胡風颯颯暮山青
寂寞花顔去漢庭
玉闕金階長夜宴
百臣皆酔一人醒

王昭君《おうしょうくん》

胡風《こふう》 颯颯《さつさつ》 暮山《ぼざん》青《あお》し
寂寞《せきばく》たる花顔《かがん》 漢庭《かんてい》を去《さ》る
玉闕《ぎょくけつ》 金階《きんかい》 長夜《ちょうや》の宴《えん》
百臣《ひゃくしん》 皆《みな》酔《よ》うも 一人《いちにん》醒《さ》む

【訳】王昭君／匈奴の地に風が吹きつけ、夕暮れの山は青い。花のような美女（＝王昭君）は寂しげに漢の朝廷を去る。宮廷の門や階段では夜遅くまで、和親政策の成功を祝って宴を開いている。しかし、臣下がみな酔っているのに皇帝だけが王昭君を匈奴に嫁がせたことを悔いて酔うことができないままでいる。

直伝

詠史のコツは、誰でも知っている歴史を、誰も気がつかない角度で捉えるところにある。とは言え、それはなかなかむずかしい。この詩などは、結句の表現を得て、そのコツをうまく物にした。K・A女の生涯の代表作となるかもしれない。李商隠を勉強した甲斐があった。

37 故事を踏まえて情景に深みを出す

春思

皇都東北暮江浜
椒室鏡中霜髪新
未得金鞍公子寵
寒燈影裏奈斯身

春思《しゅんし》　N・A女

皇都《こうと》の東北《とうほく》　暮江《ぼこう》の浜《ひん》
椒室《しょうしつ》の鏡中《きょうちゅう》　霜髪《そうはつ》新《あら》たなり
未《いま》だ金鞍公子《きんあんこうし》の寵《ちょう》を得《え》ず
寒燈影裏《かんとうえいり》　斯《こ》の身《み》を奈《いかん》せん

【訳】春の思い／都の東北を流れる夕暮れの川のほとり、屋敷の女性の部屋に置かれた鏡の中に白髪混じりの髪が映っている。いまだに立派な馬にまたがった粋《いき》な貴公子の寵愛を得られずにいる身だが、寒々としたともしびの灯る中、この我が身をどうしたらよいのであろうか。【語釈】**皇都**＝天子のいるみやこ。宮城のあるところ。**椒室**＝保温と芳香のために山椒を壁に塗りこんだ皇后の部屋。ここでは高貴な身分の女性の部屋をさす。**金鞍公子**＝黄金作りの立派な馬の鞍にまたがった、粋な貴公子。**寒燈**＝寒々とした夜のともしび。

女性の怨みを詠う閨怨詩《けいえんし》である。詩の前半を見ると皇帝の寵愛を得られない宮女の嘆きを詠う。この詩の一番問題なのは、転句。後宮の女性ならば、街中の「金鞍公子」を恋愛対象とはせず、皇帝の寵を求めるだろう。

起句にもどって、この句も宮中らしくする。「東北暮江浜」の「東北」の方位、「暮江」の状景が何を意味するのか、よくわからないし、宮中の雰囲気とは遠い。ここは「宮中奥深いところで悩む女性」として、「皇城深処倚床人」ぐらいがよいだろう。「床」は、床几・椅子をさす。承句は、その女性（宮女）が鏡を見る場面。上二字を「驚見」とする。自分の老けてやつれた姿を見て驚くのである。霜髪は美しく「銀髪」がよい。

したがって転句は宮中のことに設定しなければならない。そこで、杜甫の「哀江頭」詩に詠われた「昭陽殿裏第一人」（漢の成帝の寵妃趙飛燕《ちょうひえん》。杜甫は楊貴妃をなぞらえた）を借用し、「未得昭陽宮裏寵」（殿は仄声なので平声の「宮」に代える）とする。

結句は、宮中の雰囲気に合う「春燈」にする。なまめかしく悩ましい味わいが出、また、詩題の「春思」とも合致する。

春思

皇城深処倚床人
驚見鏡中銀髪新
未得昭陽宮裏寵
春燈影裏奈斯身

春思《しゅんし》

皇城《こうじょう》深《ふか》き処《ところ》 床《しょう》に倚《よ》る人《ひと》
驚《おどろ》き見《み》る 鏡中《きょうちゅう》 銀髪《ぎんぱつ》の新《あらた》なるを
未《いま》だ得《え》ず 昭陽宮裏《しょうようきゅうり》の寵《ちょう》
春燈影裏《しゅんとうえいり》 斯《こ》の身《み》を奈《いかん》せん

【訳】春の思い／都の宮城の奥深く床几に倚って悩める人。ふと鏡を見ると白髪が生えているのが目に入る。昭陽宮での皇帝の寵愛を受けないのに、春燈のともれる中、このわが身をどうしよう。

原案

38 伏線を張って効果を出す

北牖午眠

飲氷無効汗如漿
茅屋纔余北牖涼
臥簟睡魔催入夢
午風軽送白蓮香

北牖午眠《ほくゆうごみん》　S・M女

氷《こおり》を飲《の》むも効《こう》無《な》く　汗《あせ》　漿《しょう》の如《ごと》し
茅屋《ぼうおく》纔《わず》かに余《あま》す　北牖《ほくゆう》の涼《りょう》
簟《てん》に臥《ふ》せば睡魔《すいま》　夢《ゆめ》に入《い》るを催《もよお》す
午風《ごふう》軽《かる》く送《おく》る　白蓮《びゃくれん》の香《こう》

【訳】北の窓辺での昼寝／氷を食べてもまったく涼しくならず、汗がだらだらと流れ出る。粗末な我が家では、北の窓辺に涼しさがわずかに残っているばかりだ。ひんやりとする茣蓙《ござ》に横になれば、睡魔に襲われて夢の中に誘《いざな》われる。午後の風がさやと吹いて白蓮の香りを運んでくる。【語釈】**牖**＝まど。**漿**＝飲み物。ここでは大量の水の意。**茅屋**＝粗末な家。**纔**＝わずかに、やっとのことで。

推敲

なかなか上手な品のある詩である。起句の「飲氷無効」は唐の女流詩人の魚玄機「飲氷食蘗志無功」（氷を飲み蘗《きはだ》を食らうも志《こころざし》効《こう》無し）より取ったが、原作が「恋」心のやるせなさを詠ったものであるのを、うまく変えて用いた。転句の「睡魔」の「魔」字もよく効いている。

しかしながら、結句の「白蓮」がやや唐突なので、これを活かすには、前半に、池に面している、との伏線を張っておくとよいだろう。そこで、承句の「茅屋」を、「水榭」（水辺の亭）に代えてみる。下五字もこれに合わせて「纔貪一晌涼」（纔《わず》かに貪《むさぼ》る一晌《いっしょう》の涼――「晌」は、わずかの時間の意）とする。「一晌涼」は、時間を意味するまっとうな表現だが、そのほかに「一味涼」「一掬涼」のような比喩的な表現も面白いだろう。今回は時間を表す「一晌涼」で、うまくいった。品のよい詩となった。よい夢を見ることだろう。題は、したがって「水榭午眠」と改める。

完成

水榭午眠

飲氷無効汗如漿
水榭纔貪一晌涼
臥簟睡魔催入夢
午風軽送白蓮香

水榭《すいしゃ》午眠《ごみん》

氷《こおり》を飲《の》むも効《こう》無《な》く 汗漿《あせしょう》の如《ごと》し
水榭《すいしゃ》纔《わず》かに貪《むさぼ》る 一晌《いっしょう》の涼《りょう》
簟《てん》に臥《ふ》せば睡魔《すいま》 夢《ゆめ》に入《い》るを催《もよお》す
午風《ごふう》軽《かる》く送《おく》る 白蓮《びゃくれん》の香《こう》

【訳】 水辺の亭での昼寝／氷を食べてもまったく涼しくならず、汗がだらだらと流れ出る。そこで水辺の亭でひとときの間の涼しさを貪ることにした。ひんやりとする莫蓙に横になれば、睡魔に襲われて夢の中に誘われる。午後の風がさやと吹いて白蓮の香りを運んでくる。

直伝

後半の景を生かすため、前半に伏線を張る。

39 もっと適切な素材がないか検討する

七夕　Y・N女

鵲橋佳会隔年期
梳洗細心銀漢涯
北斗煌煌流火燦
何為瑤珮見郎時

七夕《しちせき》

鵲橋《じゃくきょう》の佳会《かかい》 年期《ねんき》を隔《へだ》つ
梳洗《そせん》は細心《さいしん》なり 銀漢《ぎんかん》の涯《ほとり》
北斗《ほくと》は煌煌《こうこう》たり 流火《りゅうか》は燦《さん》たり
何《なに》をか瑤珮《ようはい》と為《な》さん 郎《ろう》に見《まみ》ゆるの時《とき》

【訳】七夕《たなばた》／鵲《かささぎ》が渡す橋の上で、一年ぶりの逢瀬。よそおいも念入りに、天の川のほとりに立つ。北斗星は光り輝き、アンタレスもまたたいている。牽牛様にお逢いするときには、どれを取って佩《お》び玉にしようか。

【語釈】**鵲橋**＝牽牛と織女とを会わせるため、鵲が羽翼を連ねて天の川に渡すという橋。**梳洗**＝髪をくしけずり洗うこと。**銀漢**＝天の川。**流火**＝西に傾いた大火星（さそり座のアンタレス）。『詩経』豳風《ひんぷう》の「七月」に「七月流火」（七月は流《くだ》る火）とあるのを踏まえる。**瑤珮**＝貴人が装身具に用いる佩び玉。

この詩は、六朝の頃から多く詠われている七夕伝説にちなんだものであり、六朝風の美しい作である。しかしよく見ると、「北斗煌煌」が不自然である。北斗星はそれほど明るい星ではないので、ほかの星を探してこれと差し替えたいところである。「流火燦」の「流火」はさそり座の一等星アンタレスなので、このままでよいだろう。実際にそぐわない事柄を詠っても、それは絵空事となってしまう。ここはさそり座近くの適当な星を見つけてくるのが望ましい。

そこで、織女星から、天の川の牽牛星方面、アンタレス方面の星を見ると、南斗六星がある。北斗星が死を司るのに対し、南斗星は生を司るとされる。名称的にも道教の南斗星君に由来するので、「南斗」が適切であろう。

七夕

鵲●橋○佳○会●隔●年○期◎
梳○洗●細●心○銀○漢●涯◎
南○斗●煌○煌○流○火●燦●
何○為○瑤○珮●見●郎○時◎

七夕《しちせき》

鵲橋《じやくきよう》の佳会《かかい》 年期《ねんき》を隔《へだ》つ
梳洗《そせん》は細心《さいしん》なり 銀漢《ぎんかん》の涯《ほとり》
南斗《なんと》は煌煌《こうこう》たり 流火《りゆうか》は燦《さん》たり
何《なに》をか瑤珮《ようはい》と為《な》さん 郎《ろう》に見《まみ》ゆるの時《とき》

【訳】七夕／鵲が渡す橋の上で、一年ぶりの逢瀬。よそおいも念入りに、天の川のほとりに立つ。南斗星は光り輝き、アンタレスもまたたいている。牽牛様にお逢いするときには、どれを取って佩び玉にしようか。

40 斬新な発想を生かす

松林採蕈

飶香無類自垂涎
効似霊芝寿命延
可惜首陽如有此
或令伯叔作神仙

松林《しょうりん》に蕈《しん》を採《と》る　K・M女

飶香《ひっこう》は類《るい》無《な》くして　自《おのずか》ら垂涎《すいぜん》
効《こう》は霊芝《れいし》に似《に》て　寿命《じゅみょう》延《の》ぶ
惜《お》しむべし　首陽《しゅよう》　如《も》し此《こ》れ有《あ》らば
或《ある》いは伯叔《はくしゅく》をして神仙《しんせん》と作《な》らしめしを

【訳】松林できのこを採る／香ばしいかおりはたぐいなく、自ずと涎《よだれ》が垂れる。食べれば霊芝のように寿命も延びる効能があるかと思われる。それにしても残念なことには、もし首陽山《しゅようざん》にこのマツタケがあったならば、もしかしたら伯夷《はくい》・叔斉《しゅくせい》を餓死させずに、神仙にさせていたかもしれないのに。【語釈】**飶香**＝香ばしいかおり。**霊芝**＝サルノコシカケ科のキノコで、和名はマンネンタケ。服用すると仙人になれるという瑞草。**伯叔**＝伯夷（兄）と叔斉（弟）。殷《いん》末の孤竹君《こちくくん》の二子。首陽山に隠れて蕨《わらび》を食べて命をつないだが、やがて餓死したという。

推敲

首陽山で伯夷・叔斉が餓死した故事を踏まえて、もしこのきのこがあったら、彼等は死なずにすんだのにという、その発想が面白い。未だかつてない発想によって、新鮮な味わいが生まれてくる。

特に悪い箇所はないが、強いて言えば、きのこを採っている動作が見られないので、「自垂涎」のところを、きのこ採りにふさわしい語に変えるとよい。

完成

松林採蕈

採来香蕈古松辺
効似霊芝寿命延
可惜首陽如有此
或令伯叔作神仙

松林《しょうりん》に蕈《しん》を採《と》る

香蕈《こうしん》を採《と》り来《き》たる古松《こしょう》の辺《へん》
効《こう》は霊芝《れいし》に似《に》て 寿命《じゅみょう》延《の》ぶ
惜《お》しむべし 首陽《しゅよう》如《も》し此《こ》れ有《あ》らば
或《ある》いは伯叔《はくしゅく》をして神仙《しんせん》と作《な》らしめしを

【訳】松林できのこを採る／香ばしいきのこを松のそばで採る。食べれば霊芝のように寿命も延びる効験があるかと思われる。それにしても残念なのは、もし首陽山にこのマツタケがあったならば、あるいは伯夷・叔斉を餓死させずに、神仙にさせていたかもしれないのに。

直伝

詩を作る際には、「三多《さんた》・三上《さんじょう》」を心がける。「三多」とは、多読・多作・多商量（何度も推敲する）であり、「三上」とは、物事を考えるに最も都合がよいとされる馬上・厠上・枕上のことである。まずは昔の詩をたくさん読み、気に入ったものを暗誦することから始めるとよい。

41 用いる言葉の意味、雰囲気に気をつける

原案

水亭独酌

西風嫋嫋漾繊波
暮岸蛩声秋意多
独坐水亭斟濁酒
一盤芋栗待姮娥

水亭《すいてい》に独酌《どくしゃく》す　H・T生

西風《せいふう》嫋嫋《じょうじょう》として　繊波《せんぱ》漾《ただよ》い
暮岸《ぼがん》の蛩声《きょうせい》　秋意《しゅうい》多《おお》し
独《ひと》り水亭《すいてい》に坐《ざ》して濁酒《だくしゅ》を斟《く》み
一盤《いちばん》の芋栗《うりつ》　姮娥《こうが》を待《ま》つ

【訳】水辺のあずまやで独り酒を飲む／秋風がそよそよと吹いて水面に細波《さざなみ》が立っている。夕暮れの岸辺にはこおろぎが鳴き、秋の気配が濃厚に漂う。水辺のあずまやに、ひとり座ってどぶろくを酌む。皿に盛った芋や栗を肴に、月の昇るのを待っているのだ。【語釈】**西風**＝秋風。**蛩声**＝こおろぎの声。**一盤**＝皿いっぱい。**姮娥**＝伝説で月に住まうと言われる女神。ここでは月の異称。嫦娥《じょうが》ともいう。

推敲

この詩は元来、「水亭独酌」という題の題詠詩であったが、栗や芋を皿に並べて月の出を待つという結句の設定が面白いので、「一家団欒して月見をする」という詩に仕立て換えをしてみる。

詩題自体を「水亭観月」に改めるのがよい。

転句の「独坐」は、したがって「環坐」に直す。みなで集まり、車座になって月を待つのである。これによって、転句・結句のスムーズな流れができあがる。結果的には、たった一字直しただけだが、すっかり別の趣の詩になった。

水亭観月

西風嫋嫋漾繊波
暮岸蛩声秋意多
環坐水亭斟濁酒
一盤芋栗待姮娥

水亭《すいてい》に月《つき》を観《み》る
西風《せいふう》嫋嫋《じょうじょう》として繊波《せんぱ》　漾《ただよ》い
暮岸《ぼがん》の蛩声《きょうせい》　秋意《しゅうい》　多《おお》し
水亭《すいてい》に環坐《かんざ》して濁酒《だくしゅ》を斟《く》み
一盤《いちばん》の芋栗《うりつ》　姮娥《こうが》を待《ま》つ

【訳】水辺のあずまやで月見をする／秋風がそよそよと吹いて水面に細波が立っている。夕暮れの岸辺にはこおろぎが鳴き、秋の気配が濃厚に漂う。水辺に建つあずまやに、みんなで車座になって座り、どぶろくを酌む。皿に盛った芋や栗を肴に、月の昇るのを待っているのだ。

直伝

「大皿いっぱい（一盤）の芋や栗」を供えて月見をするとあれば、おのずから家族や友人とも集っての賑《にぎ》やかな様子が目に浮かぶ。これを、独りで膝小僧をかかえて月を待つ、のではサマにならないのである。言葉の持つ雰囲気の作用に気をつける。

42 特徴的な情景を的確に表す

悉尼月夜

客中為客到西洋
青草碧湖紅瓦房
桉樹孑然庭院立
清宵月下憶扶桑

悉尼月夜《シドニーげつや》　K・C生

客中《かくちゅう》に 客《かく》と為《な》りて 西洋《せいよう》に到《いた》る
青草《せいそう》 碧湖《へきこ》 紅瓦《こうが》の房《ぼう》
桉樹《あんじゅ》 孑然《けつぜん》として 庭院《ていいん》に立《た》ち
清宵月下《せいしょうげっか》 扶桑《ふそう》を憶《おも》う

【訳】 シドニーでの月夜／旅先にありながらさらに旅立ち、西洋に赴いた。目に見えるものは青い芝生、碧《あお》い湖と赤煉瓦の住宅。ユーカリの木が一本寂しく庭の中に立っており、この清らかな宵《よい》の月光の下に日本のことを懐かしく思う。 【語釈】 **悉尼**＝オーストラリア連邦南東部にあるニューサウスウェールズ州の州都。悉尼は現代中国語の音訳。 **客中**＝旅行中。旅先。 **桉樹**＝ユーカリの木。 **孑然**＝孤独であるさま。 **扶桑**＝日本の雅称。

推敲

起句の「客中為客」は、中国から日本に留学に来て、そこからまたシドニーに行くという様子をよく表していて面白い。起句の「西洋」の部分は、作者は当初「南洋」の語を考えたが、シドニーのあるオーストラリアは、文化的にはヨーロッパに近いために「西洋」に代えたという。この推敲も穏当と言える。

しかし、承句の「紅瓦房」は面白いが、「青草碧湖」はシルクロード風の情景を感じさせるうえに、ありきたりな表現である。豪洲らしさがよく表れている転句の「桜樹」のような、シドニーらしい語句に直す必要がある。リアス式海岸とハーバーブリッジをイメージして、「曲港長橋」としよう。

完成

悉尼月夜

客中為客到西洋
曲港長橋紅瓦房
桜樹孑然庭院立
清宵月下憶扶桑

悉尼月夜《シドニーげつや》

客中《かくちゅう》 客《かく》と為《な》りて 西洋《せいよう》に到《いた》る
曲港《きょくこう》 長橋《ちょうきょう》 紅瓦《こうが》の房《ぼう》
桜樹《あんじゅ》 孑然《けつぜん》として 庭院《ていいん》に立《た》ち
清宵月下《せいしょうげつか》 扶桑《ふそう》を憶《おも》う

【訳】シドニーでの月夜／旅先にありながらさらに旅立ち、西洋に赴いた。目に見えるものは入り組んだ海岸、長い橋と赤煉瓦の住宅。ユーカリの木が一本寂しく庭の中に立っており、この清らかな宵の月光の下に日本のことを懐かしく思う。

43 雅な言葉で雰囲気を高める

原案

高楼朗月《こうろうろうげつ》　　I・K生

高楼《こうろう》 夜色《やしょく》 碧雲開《へきうんひら》き
月影《げつえい》 光《ひかり》を瀉《そそ》ぎて 霜《しも》 台《だい》に満《み》つ
十数年前《じゅうすうねんぜん》 私語《しご》の処《ところ》
芳姿《ほうし》は見《み》えず 独《ひと》り杯《はい》を銜《ふく》む

高楼朗月

高楼夜色碧雲開
月影瀉光霜満台
十数年前私語処
芳姿不見独銜杯

【訳】たかどのでの澄みわたった月／たかどのからの夜の景色、空にかかる雲がひらけると、月が光をそそいで建物一面、霜が降りたかのように白く輝く。十数年前ささやき合ったが、今はその芳しき姿は見えず、一人寂しく酒を飲むのである。【語釈】**朗月**＝すみわたった月。**碧雲**＝青みがかった雲。**私語**＝男女がささやき合うこと。

推敲

承句の上二字「月影」と転句を、櫻林詩會での私の指導を経て、左のように手直ししたものである。「月影」よりも「娥影」のほうが女性らしさが出て、より雅《が》であろう。転句の「忽憶」は、前半二句の情景を見ているうち、フト昔の思い出が立ち返ったという、推敲具合も妥当である。この詩の結句の「独」は、一三二ページの「水亭独酌」の「独」とは逆に、独りで居るさまがよく効いている。少しほめすぎたが、後半には、有名な白楽天の「長恨歌」の「七月七日長生殿、夜半無人私語時」（七月七日長生殿《ちようせいでん》、夜半《やはん》人無く私語《しご》の時）の句がチラチラするので、割り引かなければなるまい。

高楼朗月

高楼夜色碧雲開
娥影瀉光霜満台
忽憶昔年私語処
芳姿不見独銜杯

高楼朗月《こうろうろうげつ》
高楼《こうろう》 夜色《やしょく》 碧雲開《へきうんひら》き
娥影《がえい》 光《ひかり》を瀉《そそ》ぎて 霜《しも》 台《だい》に満《み》つ
忽《たちま》ち憶《おも》う 昔年《せきねん》 私語《しご》の処《ところ》
芳姿《ほうし》は見《み》えず 独《ひと》り杯《はい》を銜《ふく》む

【訳】たかどのでの澄みわたった月／たかどのからの夜の景色、空にかかる雲がひらけると、月が光をそそいで建物一面、霜が降りたかのように白く輝く。ふと思い起こす、昔あの人とこっそりささやき合った時を。今はその芳しき姿は見えず一人寂しく酒を飲むのである。

44 同じような形容語を避ける

原案

夢幻

隠●隠●蒼○涼○賛●美●詩○
教●堂○尖○塔●暮●鐘○遅○
残○霞○天○際●鮮○如○血●
還○似●耶○蘇○受●難●時○

夢幻《むげん》　K・C生

隠隠《いんいん》 蒼涼《そうりょう》 賛美詩《さんびし》
教堂《きょうどう》 尖塔《せんとう》 暮《ぼ》鐘《しょう》遅《おそ》し
残霞《ざんか》 天際《てんさい》 鮮《あざ》やかなること血《ち》の如《ごと》く
還《ま》た似《に》たり 耶蘇《やそ》受難《じゅなん》の時《とき》に

【訳】夢幻／賛美歌の歌声が暗くさびしく聞こえてくる。教会の尖った塔の上から、夕暮れの鐘がゆっくりと鳴り響いている。夕焼けが空の果てに血のように鮮やかで、あたかもあのキリストの受難日と同じようである。【語釈】**隠隠**＝微《かす》かではっきりしないさま。**賛美詩**＝賛美歌のこと。**教堂**＝教会。**残霞**＝夕焼け。**耶蘇**＝イエス・キリスト。

推敲

これは、夢や幻の世界を漢詩に詠じた珍しい作。起句の上四字「隠隠蒼涼」であるが、「隠隠」と言ったうえにさらに「蒼涼」と言うと、同じ方向（暗く寂しい）の形容語が続いて面白くない。

完成

そこでこれを「微聞」に代える。「賛美詩」は、「賛美歌」とし、「歌」の韻で作り直すのが本当なのだが、これでも何とかわかるので、このままとしよう。

夢幻

隠●隠●微○聞○賛●美●詩○
教●堂○尖○塔●暮●鐘○遅○
残○霞○天○際●鮮○如○血●
還○似●耶○蘇○受●難●時○

夢幻《むげん》

隠隠《いんいん》 微《かす》かに聞《き》く 賛美詩《さんびし》
教堂《きょうどう》 尖塔《せんとう》 暮鐘《ぼしょう》遅《おそ》し
残霞《ざんか》 天際《てんさい》 鮮《あざ》やかなること血《ち》の如《ごと》く
還《ま》た似《に》たり 耶蘇《やそ》受難《じゅなん》の時《とき》に

【訳】夢幻／賛美歌の歌声が微かに聞こえてくる。教会の尖った塔の上から、夕暮れの鐘がゆっくりと鳴り続いている。夕焼けが空の果てに血のように鮮やかで、あたかもあのキリストの受難日と同じようである。

45 それぞれの事物に合った形容をする

原案

聖夜偶吟

霜○霑○厩●舎●歳●寒○催◎
聖●母●臥●辺○天○使●陪◎
当○夜●呱○呱○嬰○子●語●
今○年○正●化●福●音○来◎

聖夜《せいや》の偶吟《ぐうぎん》　M・K生

霜《しも》は厩舎《きゅうしゃ》を霑《うるお》して　歳寒《さいかん》催《もよお》す
聖母《せいぼ》臥《が》する辺《へん》に　天使《てんし》陪《ばい》す
当夜《とうや》呱呱《ここ》たり　嬰子《えいじ》語《かた》る
今年正《こんねんまさ》に福音《ふくいん》と化《か》して来《きた》るべし

【訳】聖夜に偶《たま》たま吟ず／霜が厩《うまや》をうるおして、年の瀬の寒さを引き起こす。聖母が臥しているあたりには天使がつきそっている。あの晩に生まれた嬰児の言葉は、今年まさに福音となってきたことである。【語釈】**厩舎**＝牛馬などの家畜を飼ううまや。**聖母**＝イエスの母の尊称。**呱呱**＝乳飲み児が泣く声。**福音**＝キリスト教でイエス・キリストの死と復活を通して啓示された救いの教え。喜ばしい知らせ。

推敲

起句の「霜霑」は一考を要す。霜は、降りたり立ったりするものであって、「うるおす」ものではない。ここは「霜降」（霜が降りる）がよい。

承句は短い言葉で、適確に描写しており、なかなか洒落た表現である。この詩の中で、いちばん光っている。

転句の下三字「嬰児語」は、いくらイエス・キリストでも赤子の時は泣くだけなので、作者自身が推敲して「叫」とした。結句の「今年正化福音来」は、俗っぽい表現になってしまって面白くない。「正」を「応」（きっと〜に違いない）に代え、推量の形（当然の推量）にするとよいだろう。あわせて「今年」も「他年」（将来、後年）に代える。ありふれた題材ではあるが、よくまとまっている。

聖夜偶吟

霜降厩舎歳寒催
聖母臥辺天使陪
当夜呱呱嬰子叫
他年応化福音来

聖夜《せいや》の偶吟《ぐうぎん》
霜《しも》は厩舎《きゅうしゃ》に降《お》りて 歳寒《さいかん》 催《もよお》す
聖母《せいぼ》 臥《が》する辺《へん》に 天使《てんし》 陪《ばい》す
当夜《とうや》 呱呱《ここ》たり 嬰子《えいじ》の叫《さけ》び
他年《たねん》 応《まさ》に福音《ふくいん》と化《か》して来《きた》るべし

【訳】聖夜に偶たま吟ず／霜が厩に降りて、年の瀬の寒さを引き起こす。聖母が臥しているあたりには天使がつきそっている。あの晩に生まれた嬰児の泣き声は、後年まさに福音となってくることであろう。

原案

46 固有名詞の字面の効果を考える

詠山茶花

誰教独逸百花群
雪裏耐寒閑吐芬
清艶高姿何所似
陰山原上漢昭君

山茶花《さざんか》を詠《えい》ず　G・J生

誰《たれ》か独《ひと》り百花《ひゃくか》の群《ぐん》を逸《いっ》して
雪裏《せつり》寒《かん》に耐《た》えて閑《かん》に芬《ふん》を吐《は》か教《し》むる
清艶《せいえん》高姿《こうし》何《なん》の似《に》る所《ところ》ぞ
陰山原上《いんざんげんじょう》漢《かん》の昭君《しょうくん》

【訳】山茶花《さざんか》を詠む／一体誰が山茶花だけを多くの花々の群れより独立させて、雪の中、寒さに耐えながらも平然と美しく咲く状況に置いたのであろうか。このような山茶花の清らかな美しさと気高い姿は、何にたとえたらよいだろう。そう、陰山山脈の麓《ふもと》の平原にたたずむ漢の王昭君であろう。【語釈】**閑吐芬**＝平然と花を咲かせて香気を放つ。**陰山**＝現中国内モンゴル自治区にある山脈。古代、漢と匈奴《きょうど》との国境の役割を果たした。**漢昭君**＝前漢の王嬙《おうしょう》。「昭君」はその字《あざな》。詳しくは一一七ページの「王昭君」を参照。

起句「独逸」は、国のドイツも「独逸」で紛らわしいため、「特立」と改めた。

結句の「陰山」は固有名詞だが、これがよく決まっている。「昭君」の「昭」があきらか、あかるい、という意味を持つので、「陰山」の全体的に何もない、暗いイメージの中で、王昭君が明るく一人すっと立っているイメージがよりくっきりする。

さらによく見ると、承句「雪裏」の「雪」が持つ白く清々しいイメージが、「陰山」の効果を殺《そ》いでいることに気づく。そこでこれを「歳晩」とする。「晩」の暗さが効いてうまくいった。

詠山茶花

誰教特立百花群
歳晩耐寒閑吐芬
清艶高姿何所似
陰山原上漢昭君

山茶花《さんちゃか》を詠《えい》ず

誰《たれ》か百花《ひゃくか》の群《ぐん》より特立《とくりつ》して
歳晩《さいばん》寒《かん》に耐《た》えて閑《かん》に芬《ふん》を吐《は》か教《し》むる
清艶《せいえん》高姿《こうし》何《なん》の似《に》る所《ところ》ぞ
陰山原上《いんざんげんじょう》漢《かん》の昭君《しょうくん》

【訳】山茶花を詠む／一体誰が山茶花だけを多くの花々の群れより独立させて、年の暮れの寒さに耐えながらも平然と美しく咲く状況に置いたのであろうか。このような山茶花の清らかな美しさと気高い姿は、何にたとえたらよいだろう。そう、陰山山脈の麓の平原にたたずむ漢の王昭君であろう。

47 結句を生かす、一字の効果

原案

詠山茶花

摸稜天気朔風寒
歳晩前庭袖手看
惟有紅葩耐霜雪
凍蠅嘗蕊歩蹣跚

山茶花《さざんか》を詠《えい》ず　H・T生

摸稜《もりょう》の天気《てんき》 朔風《さくふう》寒《さむ》し
歳晩《さいばん》の前庭《ぜんてい》 手《て》を袖《そで》にして看《み》る
惟《た》だ紅葩《こうは》の霜雪《そうせつ》に耐《た》うる有《あ》るのみ
凍蠅《とうよう》 蕊《しべ》を嘗《な》めて 歩《ほ》 蹣跚《まんさん》たり

【訳】山茶花を詠む／雨になるか雪になるか定まらぬ天候のもと、北風が吹いて寒い。年の暮れに家の庭の前で手を袖の中に入れて眺める。そこに咲いているのは、霜や雪に耐える山茶花の赤い花のみ。花びらにすがりついた冬の蠅《はえ》は蕊を嘗め、よろよろと歩いている。【語釈】**摸稜**＝どっちつかずで曖昧なこと。**前庭**＝庭の前。**袖手**＝手をそでの中に入れる。**紅葩**＝紅い花。**蹣跚**＝よろめいて歩くさま。

推敲

これも前詩と同題の作品で、冬の山茶花を詠じたもの。

承句の上四字は歳晩の「前庭」、と場所を提示するが、結句では、凍えたハエが花の蕊をなめているという、非常に小さな物の動きを詠じているのだから、その前段として「前庭」ではスケールが大きすぎる。そこでこの「前庭」を「前簷《ぜんえん》」に改め、軒端の前、軒先《のきさき》という場に移した。作者は何気なく「庭」字を使ったのだろうが、一字変えるだけで場面を小さく限定し、結句を生かすための視点の凝縮がはかれるのだ。

詠山茶花

摸稜天気朔風寒
歳晩前簷袖手看
惟有紅葩耐霜雪
凍蠅嘗蕊歩蹣跚

山茶花《さざんか》を詠《えい》ず
摸稜《もりょう》の天気《てんき》 朔風寒《さくふうさむ》し
歳晩《さいばん》の前簷《ぜんえん》 手《て》を袖《そで》にして看《み》る
惟《た》だ紅葩《こうは》の霜雪《そうせつ》に耐《た》うる有《あ》るのみ
凍蠅《とうよう》 蕊《しべ》を嘗《な》めて 歩《ほ》 蹣跚《まんさん》たり

【訳】山茶花を詠む／雨になるか雪になるか定まらぬ天候のもと、北風が吹いて寒い。年の暮れに家の軒端の前で手を袖の中に入れて眺める。そこに咲いているのは、霜や雪に耐える山茶花の赤い花のみ。花びらにすがりついた冬の蠅は蕊を嘗め、よろよろと歩いている。

48　季節を表す語は重複を避けて適度に用いる

詠山茶花

莫言冬杪已無花
満地厳霜不用嗟
菊後梅前歳寒節
風情最好是山茶

山茶花《さざんか》を詠《えい》ず　M・K生

言《い》う莫《な》かれ　冬杪《とうびょう》　已《すで》に花《はな》無《な》しと
満地《まんち》の厳霜《げんそう》　嗟《なげ》くを用《もち》いず
菊後《きくご》　梅前《ばいぜん》　歳寒《さいかん》の節《せつ》
風情《ふうじょう》　最《もっと》も好《よ》きは是《こ》れ山茶《さんちゃ》

【訳】山茶花を詠む／「冬の末にはもう花は無い」などと言わないでいただきたい。地面いっぱいに降りた霜を嘆く必要もない。菊が散った後、梅が開く前の寒い季節には、おもむきが最もよいのは山茶花であろう。【語釈】**冬杪**＝冬の末。**厳霜**＝はげしい霜、ひどい霜。**風情**＝自然や詩文のおもむき。和語では「ふぜい」。

これも山茶花を詠んだもので、同題の題詠詩を三つ並べてみた。転句の下三字「歳寒節」が問題。上の「菊後梅前」はうまい表現であるのだが、起句の「冬杪」、承句の「満地厳霜」、そしてこの転句の「菊後梅前」と、冬の季節を表す言葉は十分にあるので、この「歳寒節」はくどく（ことに「冬杪」とはほとんど同じ意味）、無駄な言葉となる。そこで、ここを「菊後梅前何所見」とした。「所見」は、見ること、見るもの、の意。「何所見」で、見るものは何か、何が見られるのか、の意になる。これによって、ピッタリと決まった詩になるのである。

詠山茶花

莫言冬杪已無花
満地厳霜不用嗟
菊後梅前何所見
風情最好是山茶

山茶花《さざんか》を詠《えい》ず
言《い》う莫《な》かれ　冬杪《とうびょう》　已《すで》に花無《はなな》しと
満地《まんち》の厳霜《げんそう》　嗟《なげ》くを用《もち》いず
菊後《きくご》　梅前《ばいぜん》　何《なに》をか見《み》る所《ところ》ぞ
風情《ふうじょう》　最《もっと》も好《よ》きは是《こ》れ山茶《さんちゃ》

【訳】山茶花を詠む／「冬の末にはもう花は無い」などと言わないでいただきたい。地面いっぱいに降りた霜を嘆く必要もない。菊が散った後、梅が開く前には、どのような見るべき花があるだろうか。おもむきが最もよいのは山茶花であろう。

49 理にかなった言葉の流れを

山楼坐雪

半宵天霽月輪臨
雪覆千山万籟沈
四望玲瓏清浄界
水晶宮裏自無心

山楼坐雪《さんろうざせつ》　K・M女

半宵《はんしょう》　天《てん》霽《は》れ　月輪《げつりん》　臨《のぞ》む
雪《ゆき》は千山《せんざん》を覆《おお》いて　万籟《ばんらい》　沈《しず》む
四望《しぼう》　玲瓏《れいろう》たり　清浄界《せいじょうかい》
水晶宮裏《すいしょうきゅうり》　自《おのず》ら無心《むしん》

【訳】雪の中で山の楼閣に座る／夜半、天は晴れて満月が現れ出た。雪は千山を覆いつくして、あらゆる物音は絶えている。眼界すべて透き徹るような清浄な世界が現出し、この水晶宮のような中にあっては自然と心も澄みきってゆくのであった。【語釈】**半宵**＝夜半、夜中。**月輪**＝満月。**万籟**＝あらゆる物音。万物の響き。**四望**＝四方の眺め。**玲瓏**＝透き徹る玉《ぎょく》のように美しいさま。**水晶宮**＝唐末五代の禅僧貫休《かんく》「山居詩二十四首」其二十四に、「無私方称水晶宮」（私《わたくし》無ければ方《まさ》に水晶宮と称す）とあるのを踏まえる。

形容過多の嫌いもあるが、よく考えてまとまっている。天上に月輪、地上に雪、四方は美しい雪に覆われた山々、そして最後に自然の中の水晶宮の世界で無心、と起句から結句にかけて、〈天上→地上→四方〉と言葉の流れが理に適っている。

だが、よくよく考えると、転句の「清浄界」は言わずもがなの感がある。「楼上望」もしくは「一望処」ぐらいがよかろう。

山楼坐雪

半宵天霽月輪臨
雪覆千山万籟沈
四面玲瓏楼上望
水晶宮裏自無心

山楼坐雪《さんろうざせつ》

半宵《はんしょう》 天《てん》霽《は》れ 月輪《げつりん》臨《のぞ》む
雪《ゆき》は千山《せんざん》を覆《おお》いて 万籟《ばんらい》沈《しず》む
四面《しめん》 玲瓏《れいろう》 楼上《ろうじょう》の望《ぼう》
水晶《すいしょう》 宮裏《きゅうり》 自《おの》ずから無心《むしん》

【訳】雪の中で山の楼閣に座る／夜半、天は晴れて満月が現れ出た。雪は千山を覆いつくして、あらゆる物音は絶えている。眼界すべて透き徹るような楼《たかどの》の上からの眺め、この水晶宮のような中にあっては自然と心も澄みきってゆくのであった。

50 言葉の重複に注意する

原案

歳晩送別

関山落日暮雲端
行路渺茫孤雁寒
無那官遊千里別
今宵只尽酔中歓

歳晩送別《さいばんそうべつ》　I・K生

関山《かんざん》の落日《らくじつ》 暮雲《ぼうん》の端《たん》
行路《こうろ》 渺茫《びょうぼう》として孤雁寒《こがんさむ》し
那《いかん》ともする無《な》し 官遊千里《かんゆうせんり》の別《わか》れ
今宵《こんしょう》 只《た》だ尽《つく》す 酔中《すいちゅう》の歓《かん》

【訳】年末の送別／関所のある山に夕暮れ時の雲がかかり、行く手は遥か遠く、一羽の雁が寒々とした空を飛んで行く。君は官吏として遠方へ旅立たなくてはならないが、その別れはいかんともしがたい。せめて今晩だけでも、心ゆくまで酒を酌み交わそうではないか。【語釈】**渺茫**＝広々としてはてしないさま。**官遊**＝官吏となって遠方に赴任する。

推敲

起句の上四字「関山落日」は、祖詠《そえい》「終南望余雪」に「終南陰嶺秀、積雪浮雲端」（終南《しゅうなん》陰《いん》嶺《れい》秀《ひい》で、積雪《せきせつ》浮雲《ふうん》の端《たん》）とあるのを意識しているのだろうが、よくよく考えてみると、「落日」

（沈む夕日）と「暮雲」（暮れ方の雲）とでは言葉として重複している。そこで、「落日」を「積雪」に代えてみた。こうすることによって、祖詠の詩にピッタリと添うようにもなり、また承句に詠う「行路」の難を暗示することにもなるのである。

歳晩送別

関山積雪暮雲端
行路渺茫孤雁寒
無那官遊千里別
今宵只尽酔中歓

歳晩送別《さいばんそうべつ》

関山《かんざん》の積雪《せきせつ》 暮雲《ぼうん》の端《たん》
行路《こうろ》 渺茫《びょうぼう》として孤雁《こがん》寒《さむ》し
那《いかん》ともする無《な》し 官遊千里《かんゆうせんり》の別《わか》れ
今宵《こんしょう》 只《た》だ尽《つ》くす 酔中《すいちゅう》の歓《かん》

【訳】年末の送別／関所のある山に夕暮れ時の雲がかかり、その端には雪が降り積もっている。行く手は遥か遠く、一羽の雁が寒々とした空を飛んで行く。君は官吏として遠方へ旅立たなくてはならないが、その別れはいかんともしがたい。せめて今晩だけでも、心ゆくまで酒を酌み交わそうではないか。

51 既にわかっていることはわざわざ言わない

原案

歳晩書懐

十年為客染京塵
昨夜無端夢老親
知是故郷風雪裏
囲炉共話未帰人

歳晩書懐《さいばんしょかい》　M・T生

十年《じゅうねん》　客《かく》と為《な》りて京塵《けいじん》に染《そ》まる
昨夜《さくや》　端無《はしな》くも老親《ろうしん》を夢《ゆめ》む
知《し》んぬ　是《こ》れ　故郷《こきょう》　風雪《ふうせつ》の裏《うち》
炉《ろ》を囲《かこ》んで共《とも》に未《いま》だ帰《かえ》らざるの人《ひと》を話《わ》するならん

【訳】年の暮れに思いを記す／故郷を離れて既に十年、都の汚い空気に染まってしまった。昨夜、思いもかけず老いた親の夢を見た。きっと故郷では、雪まじりの風のなか、囲炉裏を囲んで、まだ帰って来ない私のことを話していることだろう。【語釈】**京塵**＝都大路に舞う塵。都会の風気。

推敲

これは「歳晩書懐」という題詠詩であり、なかなかよくできている。原案のままでも悪くはなかったが、承句の「無端」（思いもかけず）が引っかかった。これではいささか大袈裟すぎるのである。「夢中見」（夢の中で会う）ぐらいでよいだろう。

また、転句では、「故郷」の語が余計の感がある。起句・承句の流れから、作者が故郷を懐かしんでいることは容易に想像がつくし、また結句の囲炉裏を囲む主体は「老親」のはずであり、「故郷」の全ての人々ではあるまい。「茅盧《ぼうろ》」（粗末な家）として、田舎家に住む両親に主体をしぼる。こうすると、老親の「未だ帰らざる人」（自分のこと）を話している場面が、生き生きと迫ってくる心地がする。

歳晩書懐

十年為客染京塵
昨夜夢中見老親
知是茅盧風雪裏
囲炉共話未帰人

歳晩書懐《さいばんしょかい》

十年《じゅうねん》 客《かく》と為《な》りて京塵《けいじん》に染《そ》まる
昨夜《さくや》 夢中《むちゅう》に老親《ろうしん》を見《み》る
知《し》んぬ 是《こ》れ 茅盧《ぼうろ》風雪《ふうせつ》の裏《うち》
炉《ろ》を囲《かこ》んで共《とも》に未《いま》だ帰《かえ》らざるの人《ひと》を話《わ》するならん

【訳】年の暮れに思いを記す／故郷を離れて既に十年、都の汚い空気に染まってしまった。昨夜、夢の中で老いた親に出会った。きっと故郷の田舎家では、雪まじりの風のなか、囲炉裏を囲んで、まだ帰って来ない私のことを話していることだろう。

52 副詞の使い方に気をつける

歳晩書懐

黄梁一夢老風塵
歳晩倚窓懐旧頻
莫謂人間総蕭索
寒枝葉落已含春

歳晩書懐《さいばんしょかい》　M・I女

黄梁《こうりょう》一夢《いちむ》　風塵《ふうじん》に老《お》いたり
歳晩《さいばん》　窓《まど》に倚《よ》りて旧《きゅう》を懐《おも》うこと頻《しき》りなり
謂《い》う莫《なか》れ　人間《じんかん》　総《すべ》て蕭索《しょうさく》たりと
寒枝《かんし》　葉《は》落《お》つるも　已《すで》に春《はる》を含《ふく》む

【訳】年の暮れに思いを記す／この世は黄粱一炊の夢の故事のように儚《はかな》く、この身はあっという間に煩わしい俗事の間に老いてしまった。年末に窓辺に寄って、昔を懐かしむこと頻りである。人間世界はすべてもの寂しいものだ、などとは言ってくれるな。寒さの中で葉の落ちてしまった枝であっても、すでに春の気配が兆しているのだから。【語釈】**黄粱一夢**＝盧生《ろせい》という青年が邯鄲《かんたん》（中国河北省の地名）の旅籠で、道士から枕を借りて仮寝したところ、夢の中で五十年の栄華を極めた人生を送ったが、目覚めてみると黄粱の粥がまだ炊き上がらないほどの束の間のことであったという故事。**風塵**＝俗事。**人間**＝人の世、人間世界。**蕭索**＝もの寂しいさま。うらぶれた感じのするさま。

この詩の作者は、櫻林詩會初期の参加者であり、すでに他界されているが、櫻林詩會の歴史に名を連ねる一人である。

これも前詩と同題の題詠詩であり、上手くまとまっていて特に悪いところはない。ただ、転句の下三字は「総蕭索」、結句の下三字は「已含春」であるが、この「総」字と「已」字にやや難があったので、それぞれ左のように改めた。「総」は、すべて、の意で、大雑把な感じを与えるが、「只」とすると、下の「蕭索」を強調するニュアンスになる。また、「已」というと、もうすでに…と後ろ向きの語感になるが、「復」とするとこれからまたと、前向きの語感になる。

副詞の使い方はなかなかに難しいのである。

歳晩書懐

黄梁一夢老風塵
歳晩倚窓懐旧頻
莫謂人間只蕭索
寒枝葉落復含春

歳晩書懐《さいばんしょかい》

黄梁《こうりょう》 一夢《いちむ》 風塵《ふうじん》に老《お》いたり
歳晩《さいばん》 窓《まど》に倚《よ》りて 旧《きゅう》を懐《おも》うこと頻《しき》りなり
謂《い》う莫《な》かれ 人間《じんかん》 只《た》だ蕭索《しょうさく》たりと
寒枝《かんし》 葉《は》 落《お》つるも 復《ま》た春《はる》を含《ふく》む

【訳】年の暮れに思いを記す／この世は黄粱一炊の夢の故事のように儚く、この身はあっという間に煩わしい俗事の間に老いてしまった。年末に窓辺に寄って、昔を懐かしむこと頻りである。人間世界はもっぱらもの寂しいものだ、などとは言ってくれるな。寒さの中で葉の落ちてしまった枝であっても、再び春の気配が兆しているのだから。

53 儀礼的な詩を作る

呈参加一九九五年魏晋南北朝文学国際学術研討会之諸士

一九九五年《ねん》魏晋南北朝《ぎしんなんぼくちょう》文学国際学術研討会《ぶんがくこくさいがくじゅつけんとうかい》に参加《さんか》せる諸士《しょし》に呈《てい》す　Y・M女

紫雲湧起古淮浜
聚集東西泰斗人
説尽六朝文苑事
知行楼上小陽春

紫雲《しうん》 湧《わ》き起《おこ》る 古淮《こわい》の浜《ひん》
聚集《しゅうしゅう》す 東西泰斗《とうざいたいと》の人《ひと》
説《と》き尽《つ》くす 六朝文苑《りくちょうぶんえん》の事《こと》
知行楼上《ちこうろうじょう》 小陽春《しょうようしゅん》

【訳】一九九五年の魏晋南北朝文学国際学術シンポジウムにご参加の皆様に差し上げる詩／めでたい雲が湧き起こる昔の秦淮河《しんわいが》の河べり。西や東から学問の第一人者が集まった。六朝《りくちょう》文学のことを語り議論し尽くした、会場の知行楼のあたりは、会の雰囲気が和やかであったように、おだやかな陽射しがいっぱいの小春日和であった。【語釈】**紫雲**＝徳の高い天子や聖人、神仙などがいる所にたなびくという瑞雲。**古淮浜**＝南京の秦淮河の河べり。「秦淮」は秦の始皇帝が作ったという運河で、南京の東南を経て長江に入る。**聚集**＝水流が集まること。**泰斗**＝「泰山北斗」の略。泰山のように、北斗星のように、高く仰ぎ見る人。学界の重鎮をいう。**知行楼**＝学会が開かれた南京大学の校舎の名前。**小陽春**＝小春日和。この時の学会は十一月に行われた。

これは、その長い詩題からもわかる通り、作者が中国で開催された学会に参加した時に、参加者に見せるために作った儀礼的な詩である。一〇二ページの「謹呈袁行霈教授」に出てきた袁行霈教授に、承句の「聚集」を「匯集《かいしゅう》」（多くの水流が集まる）に直してもらい、ついでに詩題も付けてもらったという。承句の「聚集」を「匯集」にして、なるほど人の集まりが生き生きしてきた。一字のもたらす効果だ。

「東西泰斗人」は、学会に参加した人々を持ち上げた、いわばお世辞である。転句の「文苑」は、六朝文学という古雅な文章を研究する学会であるので、「文雅」のほうがよいだろう。結句の「知行楼」という校舎名は、陽明学の「知行合一」（知ることと行うことは本来一つであるという考え）から取ったのであろうか。学会の場にふさわしい名称であり、この語が詩の中でよく効いている。

呈参加一九九五年魏晋南北朝文学国際学術研討会之諸士

一九九五年《ねん》 魏晋南北朝《ぎしんなんぼくちょう》文学国際学術研討会《ぶんがくこくさいがくじゅつけんとうかい》に参加《さんか》せる諸士《しょし》に呈《てい》す

紫●雲○湧●起●古●淮○浜○
匯●集●東○西●泰●斗●人◎
説●尽●六●朝○文○雅●事●
知○行○楼○上●小●陽○春◎

紫雲《しうん》 湧《わ》き起《おこ》る 古淮《こわい》の浜《ひん》
匯集《かいしゅう》す 東西泰斗《とうざいたいと》の人《ひと》
説《と》き尽《つ》くす 六朝文雅《りくちょうぶんが》の事《こと》
知行楼上《ちこうろうじょう》 小陽春《しょうようしゅん》

【訳】一九九五年の魏晋南北朝文学国際学術シンポジウムにご参加の皆様に差し上げる詩／めでたい雲が湧き起こる昔の秦淮河の河べり。西や東から学問の第一人者が水の流れの集まるように来会した。六朝文学のことを語り議論し尽くし、会場の知行楼のあたりは、会の雰囲気が和やかであったように、おだやかな陽射しがいっぱいの小春日和であった。

54 意見の詩もやんわりとした調子で

送友人赴金陵　　M・T生

一飲歓呼不患貧
路逢嬌女欲相親
他郷酒色雖珍重
莫作青楼落魄人

友人《ゆうじん》の金陵《きんりよう》に赴《おもむ》くを送《おく》る

一飲《いちいん》 歓呼《かんこ》して貧《ひん》を患《うれ》えず
路《みち》に嬌女《きようじよ》に逢《あ》わば 相《あ》い親《した》しまんと欲《ほつ》す
他郷《たきよう》の酒色《しゆしよく》 珍重《ちんちよう》なりと雖《いえど》も
青楼落魄《せいろうらくたく》の人《ひと》と作《な》ること莫《な》かれ

【訳】友人が金陵に旅立つのを見送る／君は酒を一口飲むや喜んで大声で叫び、自分が貧乏であることを心配しなくなる。道で綺麗な女性と出逢えば、すぐ声をかけて仲良くなろうとする。旅先での酒や女性は、そりゃ尊重すべきものではあるが、どうか、妓楼に入り浸って、落ちぶれた杜牧のようなことにならないように。【語釈】**金陵**＝現中国江蘇省南京市の古名。**青楼落魄人**＝芸者遊びが昂じて身を持ち崩した人。杜牧「遣懐《けんかい》」の「落魄江湖載酒行」（江湖《こうこ》に落魄《らくたく》して酒を載せて行く）、「贏得青楼薄倖名」（贏《か》ち得たり 青楼薄倖《せいろうはくこう》の名《な》）を踏まえる。

櫻林詩會の仲間が南京へ留学する際の送別詩として、戯れつつも意見したという内容の詩。起句の下三字「不患貧」では、意味がよくわからないうえ、理屈っぽくなるので、「忽忘貧」（忽《たちま》ち貧《ひん》を忘《わす》る）に改める。転句は、「雖」では意味が反対。「珍重」は「自重」の意味であるから「須」に改める。結句は、杜牧の名句をうまく取りこんだ。

送友人赴金陵

一飲歓呼忽忘貧
路逢嬌女欲相親
他郷酒色須珍重
莫作青楼落魄人

友人《ゆうじん》の金陵《きんりょう》に赴《おもむ》くを送《おく》る

一飲《いちいん》　歓呼《かんこ》して忽《たちま》ち貧《ひん》を忘《わす》る
路《みち》に嬌女《きょうじょ》に逢《あ》わば　相《あ》い親《した》しまんと欲《ほっ》す
他郷《たきょう》の酒色《しゅしょく》　須《すべから》く珍重《ちんちょう》すべし
青楼落魄《せいろうらくたく》の人《ひと》と作《な》ること莫《な》かれ

【訳】友人が金陵に旅立つのを見送る／君は酒を一口飲むや喜んで大声で叫び、忽ち自分が貧乏であることを忘れてしまう。道で綺麗な女性と出逢えば、すぐ声をかけて仲良くなろうとする。旅先での酒や女性は、自重しなければならないものだよ。どうか、妓楼に入り浸って、落ちぶれた杜牧のようなことにならないように。

直伝

昔の有名な詩をうまく取りこむことによって、お説教や意見が諧謔味を帯び、やんわりした調子になる。つまり、何を取りこむか、が肝要（腕の見せどころ）になるのである。

55 疑問形で余韻を出す

山水清音

翠樹迎風長短吟
澗泉漱玉弄鳴琴
王孫解得山中美
天籟清於糸竹音

山水《さんすい》の清音《せいおん》　Y・M女

翠樹《すいじゅ》 風《かぜ》を迎《むか》えて長短《ちょうたん》に吟《ぎん》じ
澗泉《かんせん》 玉《ぎょく》を漱《すす》いで鳴琴《めいきん》を弄《ろう》す
王孫《おうそん》 解《かい》し得《え》たり 山中《さんちゅう》の美《び》
天籟《てんらい》は糸竹《しちく》の音《おと》よりも清《きよ》らかなり

【訳】山中の自然の清らかな音／緑の葉をつけた木々が風を迎えてたてる葉擦れの音は、長くあるいは短く吟じているよう。谷川の水が石を洗って流れる音は、琴を鳴らしているようだ。王孫が山中に遊んで都に帰らなかったのは、自然の美しさをよく理解していたからである。自然界の音は管楽器や弦楽器の音よりも清らかなのだ。【語釈】**山水清音**＝晋の左思《さし》の詩に、「何必糸与竹、山水有清音」（何ぞ必ずしも糸と竹とのみならん、山水に清音有り）と詠う。**澗泉**＝谷川。**漱玉**＝玉《ぎょく》がぶつかり合うような心地よい音をたてて谷川が流れること。**王孫**＝帝王の子孫。『楚辞』「招隠士《しょういんし》」に「王孫遊兮不帰」（王孫遊びて帰らず）とあるのを踏まえる。**天籟**＝風などの自然界の音。**糸竹**＝管楽器と弦楽器。

転句「王孫解得山中美」だが、「解得」では理に落ちてしまう。これでは、「王孫は山中の美しさをよく理解できていたのだ」となり、王孫が山中に遊んで都に帰らなかった理由を断定する調子になってしまうのである。そこでこれを「知否」に改めると、ぼかした感じになり、詩に余韻が出るようになる。

山水清音
翠樹迎風長短吟
澗泉漱玉弄鳴琴
王孫知否山中美
天籟清於糸竹音

山水《さんすい》の清音《せいおん》
翠樹《すいじゅ》 風《かぜ》を迎《むか》えて長短《ちょうたん》に吟《ぎん》じ
澗泉《かんせん》 玉《ぎょく》を漱《すす》いで鳴琴《めいきん》を弄《ろう》す
王孫《おうそん》 知《し》るや否《いな》や 山中《さんちゅう》の美《び》
天籟《てんらい》は糸竹《しちく》の音《おと》よりも清《きよ》らかなり

【訳】山中の自然の清らかな音／緑の葉をつけた木々が風を迎えてたてる葉擦れの音は、長くあるいは短く吟じているよう。谷川の水が石を洗って流れる音は、琴を鳴らしているようだ。王孫が山中に遊んで都に帰らなかったのは、自然の美しさを知っていたからなのであろうか。自然界の音は管楽器や弦楽器の音よりも清らかだ。

56 固有名詞を生かす

小諸城

遠●峰○近●嶺●尽●嵯○峨○
古●塞●危○臨○千○曲●河○
閑○却●当○年○興●廃●事●
行○人○只●誦●旅●情○歌○

小諸城《こもろじよう》　H・I生

遠峰《えんぽう》　近嶺《きんれい》　尽《ことごと》く嵯峨《さが》
古塞《こさい》　危《たか》く臨《のぞ》む　千曲河《ちくまがわ》
閑却《かんきやく》す　当年《とうねん》　興廃《こうはい》の事《こと》
行人《こうじん》　只《た》だ誦《しよう》す　旅情《りよじよう》の歌《うた》

【訳】小諸城／遠近の山々はすべて険しく聳《そび》え立っている。千曲川の断崖の高いところに古い城塞（小諸城）がある。この地を訪れる人々は、かつての武士たちの興亡の歴史はさておいて、もっぱら島崎藤村の「千曲川旅情の歌」を口ずさんでいる。【語釈】**小諸城**＝長野県小諸市にあった城。**嵯峨**＝険しく切り立ったさま。

好好《ハオハオ》。「千曲河」と「旅情歌」、二つの固有名詞を自然に詩の中に溶け込ませ、よくできている。とくに悪い箇所はなし。しいて言うならば、起句にもう一工夫あってもよい。たとえば、起句を「東峰西嶺」とするほうが、「嵯峨」という形容にはより適切だろうし、場面を小諸城を中心に描

完成

くニュアンスになろう。

小諸城

東峰西嶺尽嵯峨
古塞危臨千曲河
閑却当年興廃事
行人只誦旅情歌

小諸城《こもろじょう》

東峰《とうほう》 西嶺《せいれい》 尽《ことごと》く嵯峨《さが》
古塞《こさい》 危《たか》く臨《のぞ》む 千曲河《ちくまがわ》
閑却《かんきゃく》す 当年《とうねん》 興廃《こうはい》の事《こと》
行人《こうじん》 只《た》だ誦《しょう》す 旅情《りょじょう》の歌《うた》

【訳】小諸城／東西の山々はすべて険しく聳え立っている。千曲川の断崖の高いところに古い城塞（小諸城）がある。この地を訪れる人々は、かつての武士たちの興亡の歴史はさておいて、もっぱら島崎藤村の「千曲川旅情の歌」を口ずさんでいる。

門人の稽古場　三　作詩の順序

堀口　育男

詩題を自らの体験に引きつける

詩会で、岳堂老師より「閑望青山《かんぼうせいざん》」という題が出された。この四字を睨《にら》んで、はてどんな詩を作ろうかと思案をめぐらす。実際に「青山」が眺められればよいのだが、それが難しい場合、情景を想像したり、過去の記憶を手繰ったりすることになる。「山」と言って真っ先に思い浮かぶのは、故郷の山である。帰省して故郷の山々を眺めた時のことを思い出しているうちに、

帰来相対故郷山　帰《かえ》り来《きた》りて相《あ》い対《たい》す　故郷《こきょう》の山《やま》

という句が浮かんだ。

最初に浮かんだ一句を大切にして、これを一首の詩に結実させることを目指す。絶句は結句から作るというのが定石であるが、句によっては必ずしも結句に向いていないものもある。この句は、結句よりも起句向きのようだ。韻は上平声十五刪《さん》ということになる。

さて、故郷の山が昔と変わらない姿であるということから、承句の下三字として「不改顔」（顔《かんばせ》を改《あらた》めず）というのを考えた。上四字は具体的な山の名前を読み込もうと考えたが、固有

名詞を詩に入れるのは、結構、難しい。しばらく後回しにして、後半を考える。

起句・承句から、転句・結句を考える

昔ながらの山の姿と対照的に慨嘆せられるのが、無為に年だけはとってしまった現在の自分である。そこで、後半を、

応笑当年出関子　応《まさ》に笑《わら》うべし　当年《とうねん》の出関子《しゅつかんし》の
無成一事鬢毛斑　一事《いちじ》を成《な》す無《な》く　鬢毛斑《びんもうまだら》なるを

と作ってみた。出関は、郷関（故郷と他所との境）を出ること。釈月性《しゃくげつしょう》の「男児立志出郷関（男児　志を立てて　郷関を出づ）」の句が人口に膾炙する。出関子とは、もちろん、三十数年前の自分である。「応笑」の主語は起句の「故郷山」で、結句の末尾までかかる。山を擬人化したものであるが、承句の「顔」も山を擬人化しているので、それと脈を通わせることができる。残りは承句の上四字となった。

改めて考えてみると、承句の上四字は、具体的な山名よりも、山の美しさを詠み込んだ方が良いように思えてきた。「翠鬟《すいびん》」「翠黛《すいたい》」など、山の姿を美人に喩える表現がある。「山」を〈永遠の美女〉として表現すれば、結句ともうまく照応する。そもそも「不改顔」もそういう表現で

あったのだが、それをもっとはっきり打ち出してはどうか。そこで「翠黛嬋娟」としてみた。全体をまとめると次のようになる。

帰来相対故郷山
翠黛嬋娟不改顔
応笑当年出関子
無成一事鬢毛斑

帰《かえ》り来《きた》りて相《あ》い対《たい》す 故郷《こきょう》の山《やま》
翠黛嬋娟《すいたいせんけん》 顔《かんばせ》を改《あらた》めず
応《まさ》に笑《わら》うべし 当年《とうねん》の出関子《しゅつかんし》の
一事《いちじ》を成《な》す無《な》く 鬢毛斑《びんもうまだら》なるを

【訳】故郷に帰って来て懐かしい山に向かい合う。その姿は昔と変わらない美人の面影。きっと山の方では、かつてこの地を壮志を抱いて出て行った若者が、何十年か経った今、何一つ成し遂げたこともなく、白髪混じりになって戻ってきたのを、笑って見ていることだろう。

これで、まあ、何とか形になったようだ。ただ、本来の課題「閑望青山」からは、主題が、いささかずれてしまっている。このような場合は、題の方を変えてしまうしかない。内容に合わせて、題は「帰郷偶書《ききょうぐうしょ》」とした。

57 景物にふさわしい語句を用いる

老亀冬眠

三旬不見弄波游
敗草囲池小院幽
盛夏塗中閑曳尾
厳冬氷下久埋頭
当夢韶景為黄蝶
抑志寥天任翠虬
他日軽雷喚醒後
芳塘炙背伴春鷗

老亀冬眠《ろうきとうみん》　G・J生

三旬《さんじゅん》 見《み》ず 波《なみ》を 弄《もてあそ》びて游《およ》ぐを
敗草《はいそう》 池《いけ》を囲《かこ》みて 小院《しょういん》 幽《ゆう》なり
盛夏《せいか》 塗中《とちゅう》 閑《かん》に尾《お》を曳《ひ》き
厳冬《げんとう》 氷下《ひょうか》 久《ひさ》しく頭《こうべ》を埋《うず》む
当《まさ》に韶景《しょうけい》を夢《ゆめ》みて黄蝶《こうちょう》と為《な》るべし
抑《そも》そも寥天《りょうてん》を 志《こころざ》して翠虬《すいきゅう》を任《にん》ず
他日《たじつ》 軽雷《けいらい》 喚《よ》び醒《さ》ますの後《のち》
芳塘《ほうとう》に背《せ》を炙《あぶ》りて 春鷗《しゅんおう》を伴《ともな》わん

【訳】我が愛亀の冬眠／この一ヶ月、池で波を切って泳ぐ姿を目にしていない。池の周りには枯れ草が取り囲んで小庭《さにわ》はひっそりとしている。夏の盛りには池の泥濘《ぬかるみ》の中で、尾を引きずり遊んでいたものだった。それが寒さの厳しいこの冬になったら、池の氷の下で長らく首を引っ込めている。今愛亀はきっと夢の中で黄色い蝶々となり、麗《うら》らかな春景色を楽しんでいるのであろう。はたまた、いつかは天に昇るという龍を気取っているのだろうか。軽やかな春雷が鳴って、眠りから呼び覚まされた後は、草萌える池の塘《つつみ》に上って、春の鷗《かもめ》とともに甲羅干しをすることであろう。【語釈】**三旬**＝一ヶ月。「旬」は十日間。**敗草**＝枯れ草。**塗中閑曳尾**＝泥濘《ぬかるみ》の中でのんびり尾を引きずる。「塗」は泥の意。『荘子』秋水篇に、「此亀者、寧其死爲留骨而貴乎。寧其生而曳尾於塗中乎」（此《こ》の亀なる者は、寧ろ其れ死して骨を留《とど》めて貴《たっと》ばれんか。寧ろ其れ生きて尾を塗中に曳《ひ》かんか）とあるのを踏まえる。**黄蝶**＝黄色い蝶々。『荘子』斉物論《せいぶつろん》篇の「胡蝶の夢」の故事を踏まえる。**寥天**＝広々とした天空。**翠虬**＝青い龍。**軽雷**＝冬眠している虫どもの眠りを覚ます春雷をさす。**芳塘**＝草萌える池の堤。**炙背**＝甲羅干しをする。**春鷗**＝春の鷗。鷗は人の賢《さか》しらを嫌う超俗的な鳥と考えられていた。

さて、ここからは律詩を見てみよう。詩題からもわかるように、この詩は、作者が小さな池で飼っている亀の冬眠するさまを詠じたもの。首聯《しゅれん》（第一・二句）は、冬枯れの庭の池の光景。頷聯《がんれん》（第三・四句）は、夏と冬とでの亀の状況の対比。頸聯《けいれん》（第五・六句）は、亀の冬眠ということから引き起こされた空想。結句は、春になって冬眠から醒めた亀の行動を推量したもの。構成上は変化に富んでいて面白みがある。しかし細部を見てみると、いろいろと難点がある。

まず、第一句の「三句」は、一ヶ月と区切る必要はない。「頃来」か、『荘子』にも出る「頃間」（このごろ）がよい。第四句の「埋頭」は亀が首を引っ込めたこと言ったつもりなのだが、「埋頭」は「没頭」に同じく、人間が何かに専念することを言う語であり、亀にはふさわしくない。唐の盧仝《ろどう》の「月蝕」に、「北方寒亀被蛇縛、蔵頭入殻如入獄」（北方の寒亀《かんき》 蛇《じゃ》に縛《ばく》せらる、頭《あたま》を蔵《かく》して殻《から》に入《い》るは獄に入るが如《ごと》し）とあるように、「蔵頭」（頭をかくす）とするのがよい。

また、第六句は表現にかなり無理がある。「抑志」の二字が奇妙な表現で、これでは通じにくいし、「任翠虬」の「任」字も、これを「自任」の意には取れないだろう。ここは「或没深淵学翠虬」と改めよう。下の六字は、「或学翠虬没深淵」とするところを、あえて押韻や対偶のために語順を入れ替えた。

完成

老亀冬眠

頃間不見弄波游
敗草囲池小院幽
盛夏塗中閑曳尾
厳冬氷下久蔵頭

老亀《ろうき》冬眠《とうみん》

頃間《けいかん》 見《み》ず 波《なみ》を 弄《もてあそ》びて游《およ》ぐを
敗草《はいそう》 池《いけ》を囲《かこ》みて 小院《しょういん》 幽《ゆう》なり
盛夏《せいか》 塗中《とちゅう》 閑《かん》に尾《お》を曳《ひ》き
厳冬《げんとう》 氷下《ひょうか》 久《ひさ》しく頭《こうべ》を蔵《かく》す

当夢韶景為黄蝶
或没深淵学翠虬
他日軽雷喚醒後
芳塘炙背伴春鷗

当《まさ》に韶景《しょうけい》を夢《ゆめ》みて黄蝶《こうちょう》と為《な》るべし
或《ある》いは深淵《しんえん》に没《ぼっ》して翠虬《すいきゅう》に学《まな》ばん
他日《たじつ》 軽雷《けいらい》 喚《よ》び醒《さ》ますの後《のち》
芳塘《ほうとう》に背《せ》を炙《あぶ》りて春鷗《しゅんおう》を伴《ともな》わん

【訳】我が愛亀の冬眠／このごろ、池で波を切って泳ぐ姿を目にしていない。池の周りには枯れ草が取り囲んで小庭はひっそりとしている。夏の盛りには池の泥濘《ぬかるみ》の中で、尾を引きずり遊んでいたものだった。それが寒さの厳しいこの冬になったら、池の氷の下で長らく首を引っ込めている。今愛亀はきっと、夢の中で黄色い蝶々となり、麗らかな春景色を楽しんでいるのであろう。あるいは、深淵に潜むという青龍の真似をしているのかも知れない。いつか軽やかな春雷が鳴って、眠りから呼び覚まされた後は、草萌える池の塘《つつみ》に上って、春の鷗とともに甲羅干しをすることであろう。

直伝

七言律詩は作るに難しい。この詩は、典故や比喩（なぞらえ）もうまく詠みこみ、そつなくまとめた。こういう詩をどんどん作るようになったら「免許皆伝」と言うところ。

58 特殊な語の例は参考にしない

原案

浦島子歌
昔曽島子跨霊亀
遠訪龍宮見美姫
珠玉屏前賞魚舞
珊瑚枕上惜蛾眉
一朝告別去仙洞
十世経年失故籬
忘戒開筐紫煙湧
朱顔忽変白鬚垂

浦島子歌《うらしまこか》　G・J生
昔《むかし》曽《かつ》て 島子《しまこ》 霊亀《れいき》に跨《また》がり
遠《とお》く龍宮《りゅうぐう》を訪《たず》ねて 美姫《びき》を見《み》る
珠玉屏前《しゅぎょくへいぜん》 魚舞《ぎょぶ》を賞《しょう》し
珊瑚枕上《さんごちんじょう》 蛾眉《がび》を惜《お》しむ
一朝《いっちょう》 別《わかれ》を告《つ》げて仙洞《せんどう》を去《さ》り
十世《じっせい》 年《とし》を経《へ》て故籬《こり》を失《うしな》う
戒《いましめ》を忘《わす》れて筐《はこ》を開《ひら》けば 紫煙《しえん》湧《わ》き
朱顔《しゅがん》 忽《たちま》ち変《へん》じて 白鬚《はくしゅ》垂《た》る

【訳】浦島子の歌／昔々浦島は、不思議な亀に跨がって、はるばる龍宮城を訪れたところ、美しい乙姫様に出会いました。そこで浦島は、真珠の屏風の前で鯛や鮃《ひらめ》の舞を鑑賞し、珊瑚の枕のもと、美しい乙姫様と愛し合い、夫婦となりました。ある日遊びに飽きた浦島は、乙姫様に暇乞《いとまご》いをして、龍宮城という仙界を去ることにしました。しかし故郷の村に帰ってみると、人間世界では三百年もの年月が経っており、懐かしい故郷の家もすでになくなっていました。心細くなった浦島は、乙姫様の戒めも忘れて玉手箱を開けてみると、中から紫の煙が湧き出して、若々しい浦島の容貌は忽ち変化し、白い鬚《あごひげ》が長く垂れ下がったお爺さんになってしまいました、とさ。

【語釈】**浦島子**＝浦島太郎。浦島伝説の起源である『日本書紀』雄略天皇二十二年七月の条や、『釈日本紀』に引く『丹後国《たんごのくに》風土記』では、「浦島子」と称している。**珠玉屏**＝真珠を散りばめた屛風。**魚舞**＝文部省唱歌「浦島太郎」の二番に「鯛や比目魚《ひらめ》の舞踊《まいおどり》」とあるのを詠じた。**惜**＝愛《いと》おしむ。**蛾眉**＝蛾の触角のように、太く長く引いた眉。転じて、美人の形容。ここでは乙姫をさす。**仙洞**＝神仙が棲む世界。ここでは龍宮城をさす。**十世**＝十世代。「一世」は三十年。上掲『丹後国風土記』では、「三百余歳を経《へ》たり」と記す。**故籬**＝籬《まがき》に囲まれた故郷の家。**朱顔**＝年が若くて血色の良い容貌。

一句目の上二字「昔曽」は、当初の案では「昔時《せきじ》」であったが、「時」字は支韻に属して冒韻となり、転句・結句以外の冒韻は避けたほうがよいとの見地から、宋の陸游《りくゆう》の詩に「昔曽」という用例があるのを参照して、そう改めたという。しかし、それは陸游の詩以外には見かけない特殊な例であり、ここでは、よく用いられる「当年」を用いるのがよい。ただ「年」字は六句目に

「経年」で使っているので、その「年」字は「春」字に代える。浦島太郎の昔話を上手に踏まえ、頷聯、頸聯の対句もうまくいった。

完成

浦島子歌

当年島子跨霊亀
遠訪龍宮見美姫
珠玉屏前賞魚舞
珊瑚枕上惜蛾眉
一朝告別去仙洞
十世経春失故籬
忘戒開筐紫烟湧
朱顔忽変白鬢垂

浦島子歌《うらしまこか》

当年《とうねん》 島子《しまこ》 霊亀《れいき》に跨《また》がり
遠《とお》く龍宮《りゅうぐう》を訪《たず》ねて 美姫《びき》を見《み》る
珠玉屏前《しゅぎょくへいぜん》 魚舞《ぎょぶ》を賞《しょう》し
珊瑚枕上《さんごちんじょう》 蛾眉《がび》を惜《お》しむ
一朝《いっちょう》 別《わかれ》を告《つ》げて仙洞《せんどう》を去《さ》り
十世《じっせい》 春《はる》を経《へ》て故籬《こり》を失《うしな》う
戒《いましめ》を忘《わす》れて筐《はこ》を開《ひら》けば 紫烟《しえん》 湧《わ》き
朱顔《しゅがん》 忽《たちま》ち変《へん》じて 白鬢《はくしゅ》 垂《た》る

【訳】浦島子の歌／昔々浦島は、不思議な亀に跨がって、はるばる龍宮城を訪れたところ、美しい乙姫様に出会いました。そこで浦島は、真珠の屏風の前で鯛や鮃の舞を鑑賞し、珊瑚の枕のもと、美しい乙姫様と愛し合い、夫婦となりました。ある日遊びに飽きた浦島は、乙姫様に暇乞いをして、龍宮城という仙界を去ることにしました。しかし故郷の村に帰ってみると、人間世界では三百年もの年月が経っており、懐かしい故郷の家もすでになくなっていました。心細くなった浦島は、乙姫様からの戒めも忘れて玉手箱を開けてみると、中から紫の煙が湧き出して、若々しい浦島の容貌は忽ち変化し、白い鬚が長く垂れ下がったお爺さんになってしまいました、とさ。

59 絶句を律詩に仕立てなおす

原案

春雨初霽

濛濛宿雨湿春城
池水円波滅又生
起望麴塵千縷色
坐聞茅屋四檐声

春雨初霽《しゅんうしょせい》　H・T生

濛濛《もうもう》たる宿雨《しゅくう》　春城《しゅんじょう》を湿《うるお》し
池水《ちすい》に円波《えんぱ》　滅《めつ》し又《ま》た生《しょう》ず
起《た》ちて望《のぞ》む　麴塵《きくじん》千縷《せんる》の色《いろ》
坐《ざ》して聞《き》く　茅屋四檐《ぼうおくしえん》の声《こえ》

【訳】春の雨がはじめて晴れて／前日からの雨がけぶるように降り、春の町はしっとりと濡れている。池の水面には雨によって丸い輪が生じたり、消えたりしている。立ち上がって外の風景を眺めれば、たくさんの柳の枝が淡い黄色に芽吹いている。そしてまた座り直して、我が家の四方の軒から落ちる雫《しずく》の音に静かに耳を傾けるのである。【語釈】**濛濛**＝小雨のそぼ降るさま。**宿雨**＝前日から降り続く雨。**麴塵**＝こうじに生ずるかび。転じて淡黄色。ここでは淡黄色の若芽をつけた柳を示す。**四檐**＝家の四方のひさし。四方の軒。

これは技巧を凝らして転句・結句を対句に仕立てた、いわゆる「後対《こうつい》格」の絶句である。その工夫には見所があるが、後半の展開は平板であり、あまり面白みが感じられない。ならばこれをそのまま七言律詩の首聯（第一・二句）・頷聯（第三・四句）とし、対句をもう一つ考えた上で律詩に仕立て直してはどうかと指導した。そうして再提出された作品が次のものである。

春雨初霽

濛○濛○宿●雨●湿●春○城◎
池○水●円○紋○滅●又●生◎
遥○望●麹●塵○千○縷●色●
閑○聞○茅○屋●四●檐○声◎
後●園○蒼○竹●蝸○涎○耀●
前○圃●紅○桃○鳥●嘴●傾◎
最●喜●早●晨○風○物●美●
裁○詩○覓●句●養●幽○情◎

春雨初霽《しゅんうしょせい》

濛濛《もうもう》たる宿雨《しゅくう》 春城《しゅんじょう》を湿《うるお》し
池水《ちすい》に円紋《えんもん》 滅《めっ》し又《ま》た生《しょう》ず
遥《はる》かに望《のぞ》む 麹塵《きくじん》千縷《せんる》の色《いろ》
閑《しず》かに聞《き》く 茅屋《ぼうおく》四檐《しえん》の声《こえ》
後園《こうえん》の蒼竹《そうちく》 蝸涎《かせん》 耀《かがや》き
前圃《ぜんぽ》の紅桃《こうとう》 鳥嘴《ちょうし》 傾《かたむ》く
最《もっと》も喜《よろこ》ぶ 早晨《そうしん》の風物《ふうぶつ》の美《うるわ》しきを
詩《し》を裁《つく》り句《く》を覓《もと》めて幽情《ゆうじょう》を養《やしな》わん

【訳】春の雨がはじめて晴れて／前日からの雨がけぶるように降り、春の町はしっとりと濡れている。池の水面には雨によって丸い輪が生じたり、消えたりしている。たくさんの柳の枝が淡い黄色に芽吹いているのが遠目にも分かる。また我が家の四方の軒から落ちる雫の音に静かに耳を傾ける。家の裏庭の青竹には蝸牛《かたつむり》の這《は》った跡がきらきらと光り、家の前の畑の紅《あか》い桃の花には鳥が嘴《くちばし》を斜めに動かしている。明け方の景色の美しさが大変喜ばしい。よい句をもとめて詩を作り、風雅の心を養おう。【語釈】**後園**＝家の裏にある庭園。**蝸涎**＝かたつむりのはった跡。**前圃**＝家の前にあるはたけ。**裁詩**＝詩を作る。**覓句**＝よい句を探し求める。**幽情**＝風雅の心。

推敲

原案の七絶と対照してみると、まず二句目の「円波」が「円紋」に改まっている。「円波」という語は魚が飛び跳ねた時に起こる波紋を表すのに多く用いられ、雨の雫によって次々と起こる波紋は「円紋」が適当で、この推敲は当を得ている。ただし、頷聯の下の「麹塵」と「茅屋」とでは、対が少々ゆるい。「麹塵」とは柳の若芽の色を近く見た形容であるから、「遥望」には合わない。また、「茅屋」という場所を示す語とは完全な対応関係にならない。そこで前者を「柳堤」（柳の並ぶ堤）に改めよう。

追加された後半部分はどうかと見てみると、これまた問題がある。まず、第五句の「蝸涎耀」を生かすためには、どこかで雨がやんだことをはっきり示さなければならない。日が出て初めて蝸牛の這った跡が輝くのである。そもそも、詩題は「春雨初霽」であるのに、七言絶句の最初の時点から、題と内容が合致していなかった。そこでこの第五句に「纔霽」（わずかに晴れる）を用いよう。「纔」は「わずかに」と訓ずるが、「やっと」「ようやく」の意で、この際適切である。赤い桃の花を鳥が啄《ついば》むのも晴れて暖かくなった時分がふさわしい。そこで、第六句の「紅桃」の部分に「俄喧」（俄《にわか》に喧《あたた》かし）を持ってくると、対の調子もぴったりするのである。頸聯（第五・六句）の上二字はそれぞれ「竹籬」、「桃樹」として、蝸牛と鳥のいる場所を示すようにすればよい。

春雨初霽

濛○濛○宿●雨●湿●春○城◎
池○水●円○紋○滅●又●生◎
起○望●柳●堤○千○縷●色●
坐○聞○茅○屋●四●檐○声◎

春雨初霽《しゅんうしょせい》

濛濛《もうもう》たる宿雨《しゅくう》　春城《しゅんじょう》を湿《うるお》し
池水《ちすい》の円紋《えんもん》　滅《めっ》し又《ま》た生《しょう》ず
起《た》ちて望《のぞ》む　柳堤千縷《りゅうていせんる》の色《いろ》
坐《ざ》して聞《き》く　茅屋四檐《ぼうおくしえん》の声《こえ》

竹籬纔霽蝸涎耀
桃樹俄暄鳥嘴傾
最喜早晨風物美
裁詩覓句養幽情

竹籬《ちくり》纔《わず》かに霽《は》れて蝸涎《かせん》耀《ひか》り
桃樹《とうじゅ》俄《にわ》かに暄《あたた》かくして鳥嘴《ちょうし》傾《かたむ》く
最《もつと》も喜《よろこ》ぶ早晨《そうしん》の風物《ふうぶつ》の美《うるわ》しきを
詩《し》を裁《つく》り句《く》を覓《もと》めて幽情《ゆうじょう》を養《やしな》わん

【訳】春の雨がはじめて晴れた／前日からの雨がけぶるように降り、春の町はしっとりと濡れている。池の水面には雨によって丸い輪が生じたり、消えたりしている。立ち上がって外の風景を眺めれば堤の柳のたくさんの枝に生じた芽吹きの色が遠目にも分かる。また座り直して、我が家の四方の軒から落ちる雫の音に静かに耳を傾ける。やっと雨が上がると竹のまがきには蝸牛の這った跡がきらきらと光り、急に暖かくなった桃の木には鳥がとまって嘴を斜めに動かしている。明け方の景色の美しさが大変喜ばしい。よい句をもとめて詩を作り、風雅の心を養おう。

60 律詩の対句は「虚」と「実」の組み合わせで妙味を出す

月下泛舟

暮●江○入●素●秋◎
金○鏡●映●扁○舟◎
蓮○渚●連○蘋○渚●
芦○洲○接●荻●洲◎
行○雲○長○不●尽●
逝●水●竟●無○留◎
月●転●円○還○欠●
人○遷○沈○又●浮◎
世●情○多○苦●慮●
時○事●足●煩○憂◎

月下《げっか》に舟《ふね》を泛《うか》ぶ　M・K生

暮江《ぼこう》　素秋《そしゅう》に入《い》り
金鏡《きんきょう》　扁舟《へんしゅう》に映《えい》ず
蓮渚《れんしょ》は蘋渚《ひんしょ》に連《つら》なり
芦洲《ろしゅう》は荻洲《てきしゅう》に接《せっ》す
行雲《こううん》は　長《とこしな》えに尽《つ》きず
逝水《せいすい》は竟《つい》に留《とど》まること無《な》し
月転《つきてん》じて　円《えん》　還《ま》た　欠《けつ》
人遷《ひとうつ》りて　沈《ちん》　又《ま》た　浮《ふ》
世情《せじょう》　苦慮《くりょ》多《おお》く
時事《じじ》　煩憂《はんゆう》足《た》る

却羨軽萍草
自由自在流

却《かえ》って羨《うらや》む 軽《かろ》き萍草《ひょうそう》の
自由自在《じゆうじざい》に流《なが》るるを

【訳】 月の下で舟をうかべる／暮れ方の川は秋の季節に入り、月が小舟を照らしている。蓮の渚は蘋の渚に連なり、芦の洲は荻の洲に接している。行く雲はとこしえに尽きず、逝《ゆ》く水はついに留まることがない。月は満ちては欠け、人は沈んでは浮かんでいく。世情には苦慮が多く、時事には煩憂が多い。却って、軽い浮き草が自由自在に流れていくのが羨ましく思われる。【語釈】 **素秋**＝秋の異名。秋は五行で色は白（素）に当たることによる。**金鏡**＝秋の月の比喩。五行説では、秋は「木火土金水」の「金」に配当される。**扁舟**＝小さい舟。**蘋渚**＝カタバミ（フウロソウ目カタバミ科カタバミ属の多年草植物）の群生する水際。**荻洲**＝オギの生えた中洲。**逝水**＝流れ去ってゆく水。『論語』子罕《しかん》篇に「子在川上曰、逝者如斯夫。不舎昼夜」（子《し》、川上《せんじょう》に在りて曰く、逝《ゆ》く者は斯《か》くの如《ごと》きか。昼夜《ちゅうや》を舎《お》かず）とあるのを踏まえる。**煩憂**＝いらいらして憂えること。**萍草**＝浮き草。

推敲

柳宗元の「曹侍御《そうじぎょ》の象県《しょうけん》に過《よぎ》りて寄せらるるに酬《むく》ゆ」に「欲採蘋花不自由」（蘋花《ひんか》を採らんと欲して自由ならず）という句がある。「蘋」も浮き草のことであるので、恐らくこの詩の結びはそれを意識しているのだろう。

この詩は、律詩の対句部分を増幅させた十二句の五言長律（排律）として作成されているが、よくよく考えると、第三聯と、第四聯は、当たり前のこと言っているに過ぎず、同じことを繰り返しており、少々くどい。そこでこの二聯四句をそっくり削除して、五言律詩の形式にしてしまおう。ちょうど平仄の具合もよく、詩としてこれで十分につながるのである。

律詩の組み立ては、中間に二組の対句があるが、前の対句で「景《けい》」を詠じたら、後の対句で「情《じょう》」を詠じる。「景」が「実」ならば、「情」は「虚」である。この実と虚の組み合わせに妙味が出る。どちらも虚、または実で作られた詩もあるが、これは大変難しいので、通常では、虚と実を組み合わせたほうが作りやすく、そちらのほうが面白いものができる。

この詩を律詩に改めるという観点で各対句を眺めると、第二聯が「景」に当たり、第五聯が「情」に当たる。よって、これを律詩の対句に仕立てよう。さらにその他の部分に目をやると、第二句の「金鏡」は、秋を意識させるので、季節感は合う。しかし「金」はきらきら光るイメージも持ち、ここの雰囲気にそぐわない。「皓月《こうげつ》」（明るい月）などとするのがよいだろう。頷聯（第三・四句）は、「蓮渚―蘋渚」「芦洲―荻洲」と、いずれも植物が形容語に用いられて、単調の嫌いあり。そこで第四句を平仄の都合もあり、「沙洲→礫洲」としてみる。こうすると、頸聯（第五・六句）の気分ともうまくつながるようだ。また、最後に「萍草」が登場するので、第一句は、広い川を表す「暮江」よりも、情景を小さくしたほうがよい。せっかくの長律ではあるが、ありきたりの言葉で対句を増やしても意味がない。そこで荒療治を施した次第である。

完成

月下泛舟

暮津入素秋
皓月映扁舟
蓮渚連蘋渚
沙洲接礫洲
世情多苦慮
時事足煩憂
却羨軽萍草
自由自在流

月下《げつか》に舟《ふね》を泛《うか》ぶ
暮津《ぼしん》 素秋《そしゅう》に入《い》り
皓月《こうげつ》 扁舟《へんしゅう》に映《えい》ず
蓮渚《れんしょ》は蘋渚《ひんしょ》に連《つら》なり
沙洲《さしゅう》は礫洲《れきしゅう》に接《せっ》す
世情《せじょう》 苦慮《くりょ》多《おお》く
時事《じじ》 煩憂《はんゆう》足《た》る
却《かえ》って羨《うらや》む 軽《かろ》き萍草《ひょうそう》の
自由自在《じゆうじざい》に流《なが》るるを

【訳】月の下で舟をうかべる／暮れ方の渡し場は秋の季節に入り、月が小舟を照らしている。蓮の渚は蘋の渚に連なり、砂浜は小石の洲に接している。世情には苦慮が多く、時事には煩憂が多い。却って、軽い浮き草が自由自在に流れていくのが羨ましく思われる。

61 副詞が多くならないように

春日

頑○雪●渾○銷○尽●
春○光○満●草●亭◎
黄○鸝○頻○囀●樹●
素●蝶●始●過○庭◎
日●永●人○逾○嬾●
地●偏○門○久●扃◎
独●斟○新○熟●酒●
高○枕●不●須○醒◎

春日《しゅんじつ》　H・I生

頑雪《がんせつ》　渾《すべ》て銷《き》え尽《つ》くし
春光《しゅんこう》　草亭《そうてい》に満《み》つ
黄鸝《こうり》　頻《しき》りに樹《き》に囀《さえず》り
素蝶《そちょう》　始《はじ》めて庭《にわ》を過《す》ぐ
日永《ひなが》くして　人《ひと》　逾《いよ》いよ嬾《らん》に
地偏《ちへん》にして　門《もん》　久《ひさ》しく扃《とざ》す
独《ひと》り斟《く》む　新熟《しんじゅく》の酒《さけ》
高枕《こうちん》　醒《さ》むるを須《もち》いず

【訳】春の日／頑固に消え残っていた雪もすべて融けてなくなり、わが草の庵には春の光（春景色）が満ち満ちている。鶯《うぐいす》が木々の間でしきりにさえずり、白い蝶が庭で舞い始めた。春の日永には人はますます怠け者になり、引っ込んだところに住んでいるので、来客もなく門は久しく鎖《とざ》している。新しく醸した酒を独り飲む。枕を高くして気持ちよく眠る。【語釈】**黄鸝**＝ウグイス。

頷聯《がんれん》、頸聯《けいれん》に「頻」「始」「逾」「久」という副詞的な字が多く、詩の調子が弱々しくなるため、まず第三句を「黄鸝語深樹」（黄鸝《こうり》深樹《しんじゅ》に語る）とする。「黄鸝」「深樹」の語は、韋応物「滁州《じょしゅう》西澗《せいかん》」の「上有黄鸝深樹鳴」（上《かみ》に黄鸝《こうり》の深樹《しんじゅ》に鳴《な》く有り）を踏まえ、韋応物詩のような雰囲気が出て、面白みが加わった。これにつれて、第四句も副詞をやめて、第三句と合う語作りをする。第六句は、陶淵明「飲酒」其五の「問君何能爾、心遠地自偏」（君に問う何《なん》ぞ能《よ》く爾《しか》ると、心遠ければ地自《おのずか》ら偏《へん》なり）を踏まえる。副詞の「逾」「久」を、「馴」「易」と動詞に改めると弱々しい感じがなくなり、作者の閑適の生活を楽しむ心の余裕も出てくる。そこで、首聯《しゅれん》にもう一工夫する。高士・隠者の雰囲気が強くなったことを頭に入れて、出だしの「頑雪」はあまり見かけない語なので（『佩文韻府《はいぶんいんぷ》』にもない）、これを「籬雪《りせつ》」に代えてみる。こうすると、陶淵明の「採菊東籬下」（菊を採る東籬《とうり》の下《もと》）が連想され、陶淵明・王維・韋応物の世界へと入ってゆく心地である。なかなかよい詩ができた。

春日

籬雪渾銷尽
春光満草亭
黄鸝語深樹
素蝶戯閑庭
日永人馴嬾
地偏門易扃
独斟新熟酒
高枕不須醒

春日《しゅんじつ》

籬雪《りせつ》　渾《すべ》て銷《き》え尽《つ》くし
春光《しゅんこう》　草亭《そうてい》に満《み》つ
黄鸝《こうり》　深樹《しんじゅ》に語《かた》り
素蝶《そちょう》　閑庭《かんてい》に戯《たわむ》る
日《ひ》永《なが》くして　人《ひと》　嬾《らん》に馴《な》れ
地《ち》偏《へん》にして　門《もん》　扃《とざ》し易《やす》し
独《ひと》り斟《く》む　新熟《しんじゅく》の酒《さけ》
高枕《こうちん》　醒《さ》むるを須《もち》いず

【訳】春の日／籬《まがき》に消え残っていた雪もすべて融けてなくなり、わが草の庵には春の光（春景色）が満ち満ちている。鶯が深く繁った木々の間でさえずり、白い蝶が静かな庭で舞っている。春の日永には人は怠け者になることに慣れ、引っ込んだところに住んでいるので、来客もなく門は鎖しがちとなる。新しく醸した酒を独り飲む。枕を高くして気持ちよく眠る。

62 対句が平板にならないようにする

原案

春日出遊

散●歩●穿○林○径●
春○山○倚●石●亭◎
渓○声○如○鼓●瑟●
鳥●語●似●揺○鈴◎
日●暖●紅○桃○岸●
煙○含○翠●柳●汀◎
此●時○幽○興●足●
傾○尽●濁●醪○瓶◎

春日出遊《しゅんじつしゅつゆう》　H・I生

散歩《さんぽ》 林径《りんけい》を穿《うが》ち
春山《しゅんざん》 石亭《せきてい》に倚《よ》る
渓声《けいせい》は瑟《しつ》を鼓《こ》するが如《ごと》く
鳥語《ちょうご》は鈴《すず》を揺《ゆ》らすに似《に》たり
日《ひ》は暖《あたた》かなり 紅桃《こうとう》の岸《きし》
煙《けむり》は含《ふく》む 翠柳《すいりゅう》の汀《なぎさ》
此《こ》の時《とき》 幽興《ゆうきょう》足《た》る
傾《かたむ》け尽《つ》くす 濁醪《だくろう》の瓶《へい》

【訳】春の日に出て遊ぶ／散歩して林の中の小道を進み、春の山中で石造りの亭子に休む。渓流の音は瑟を奏でるかのようであり、鳥の声は鈴を揺らすかのようである。紅《あか》い桃の咲く岸には暖かな日の光が射し、水辺で翠《みどり》の糸を垂らしている柳には、もやが立ち込めている。今この時は自然の静かな趣に満ちている。濁酒の瓶を傾け尽くして、心行くまで楽しむことにしよう。【語釈】穿＝通り抜ける。石亭＝石造りの亭子（東屋《あずまや》）。鼓瑟＝瑟を奏でる。瑟は琴の一種。汀＝水辺。岸辺。幽興＝静かで奥深い趣。濁醪＝濁酒。どぶろく。

この詩の作者は上級者と言ってよい。右の詩も用字・用語、対句の対称性など、いずれも相当に練れていて、五言律詩として及第点を与えられる出来映えである。ただ難を言えば、頷聯（第三・四句）の対句がどちらも聴覚に関わるものであり、いささか平板な感じがする。ここは視覚と聴覚で対をなすようにすると変化が出てよいだろう。さらに言えば、頷聯・頸聯（第五・六句）の二組の対句が、どちらも風景描写となっていて、これまた平板なものとなってしまっている。律詩のかなめは二組の対句であり、片方が風景を詠ずるのならば、もう片方は情感を詠ずるように、あるいは、片方が「静」ならばもう片方は「動」という方向で作るのが肝要なのである。また、尾聯《びれん》（第七・八句）の結び方もやや安易な嫌いがある。このような点を指摘して再考を求めたところ、原案では頷聯であったものが頸聯に移動するなど、大幅な改作をして仕立て直してきた。改作では、第三句を「泛花斟柳塢」としてきたが、「花を浮かべ」に「柳の土手」の組み合わせは作為的であるため、下三字を「茅店で（酒を）酌む」として、酒を飲むことをより明確にし、第八句を導くようにした（なお、平仄は挟み平となる）。また、第五句は「春水砕瓊玉」と直していたが、「瓊玉《けいぎょく》を砕く」は強すぎるため、左思「招隠詩」に「石泉漱瓊瑤」（石泉　瓊瑤《けいよう》を漱《すす》ぐ）を参考に「春水漱瓊玉」とした。これで品の良い詩となった。

完成

春日出遊

軽○屐●乗○暄○煦●
江○辺○試●踏●青○
泛●花○酌●茅○店●
枕●石●臥●沙○汀○
春○水●漱●瓊○玉●
禽○声○揺○鐸●鈴○
東○風○又●多○事●
故●使●酔●眠○醒○

春日出遊《しゅんじつしゅつゆう》
軽屐《けいげき》　暄煦《けんく》に乗《じょう》じ
江辺《こうへん》　踏青《とうせい》を試《こころ》む
花《はな》を泛《うか》べて　茅店《ぼうてん》に酌《く》み
石《いし》を枕《まくら》にして　沙汀《さてい》に臥《ふ》す
春水《しゅんすい》　瓊玉《けいぎょく》を漱《すす》ぎ
禽声《きんせい》　鐸鈴《たくれい》を揺《ゆ》らす
東風《とうふう》　又《ま》た多事《たじ》
故《ことさ》らに酔眠《すいみん》をして醒《さ》めしむ

【訳】春の日に出て遊ぶ／暖かな日差しに誘われ、軽い下駄をつっかけて川べりへ野遊びに出かけた。村の酒屋で花びらを浮かべた酒を飲み、砂地の水際で石を枕に横になる。春の水は玉石を洗って流れ、鳥の声は鈴を揺らすかのように美しく響く。春風はまたお節介なもので、わざわざ私のところに吹いて来て、せっかくのほろ酔い気分でうとうとしていたのから醒めさせられてしまった。【語釈】軽屐＝軽快な下駄。暄煦＝日が出て暖かな風が吹くこと。踏青＝青い草を踏む。春の野遊び。沙汀＝水辺の砂原。瓊玉＝美しい宝石。禽声＝鳥の声。鐸鈴＝大型の鈴と小型の鈴と。東風＝春風。多事＝余計なことをするの意。

63 当たり前の描写に一工夫を

原案

聖堂花宴

巍○巍○聖●廟●茗●渓○浜◎
数●仞●門○牆○絶●俗●塵◎
月●上●中○天○高○挙●燭●
苔○生○深○院●浄●舗○茵◎
憐○看○桜○樹●花○千○朶●
喜●酌●金○尊○酒●幾●巡◎
幽○賞●清○談○興●何○極●
夜●遊○莫●厭●到●明○晨◎

聖堂花宴《せいどうかえん》　H・I生

巍巍《ぎぎ》たる聖廟《せいびょう》　茗渓《めいけい》の浜《ひん》
数仞《すうじん》の門牆《もんしょう》　俗塵《ぞくじん》を絶《た》つ
月《つき》　中天《ちゅうてん》に上《のぼ》りて　高《たか》く燭《ともしび》を挙《あ》げ
苔《こけ》　深院《しんいん》に生《しょう》じて　浄《きよ》く茵《しとね》を舗《し》く
憐《あわ》れみ看《み》る　桜樹《おうじゅ》　花千朶《はなせんだ》
喜《よろこ》び酌《く》む　金尊《きんそん》　酒幾巡《さけいくじゅん》
幽賞《ゆうしょう》　清談《せいだん》　興《きょう》　何《なん》ぞ極《きわ》まらん
夜遊《やゆう》　厭《いと》う莫《な》かれ　明晨《めいしん》に到《いた》るを

【訳】聖堂での花見の宴／お茶の水を流れる神田川のほとりに高々と聖堂が聳《そび》え立っている。その数仞の高さの門や土塀は、俗世間の空気を隔絶している。月は天高く上り、まるで燈火《ともしび》を高く掲げたかのようであり、苔は奥深い中庭に生えて、あたかも敷物をきれいに敷いたかのようである。いっぱいに咲いた桜の花をいとおしみ愛でつつ、酒樽から酌んだ酒を喜んで酌み交わす。静かに景物を味わい清らかな話を交わして、興趣《きょうしゅ》は尽きることがない。今夜の花見の宴が明日の朝まで続いても、嫌だなどといわないでくれ。【語釈】**聖廟**＝孔子を祀る祠堂。ここでは湯島聖堂をさす。**巍巍**＝高く大きいさま。**茗渓**＝お茶の水を流れる神田川。**茵**＝敷物。**千朶**＝千本の枝。**金尊**＝黄金の酒樽。酒樽の美称。

櫻林詩會恒例の湯島聖堂内の桜の木の下で行われる花見の宴を詠んだものである。全体に李白「春夜《しゅんや》 桃李園《とうりえん》に宴《えん》するの序」を意識して作られている。特に第三句「月上中天高挙燭」として、鏡に見立てられることが一般的な月を、燈火に見立てているのは、「古人秉燭夜遊」（古人 燭を秉《と》りて夜遊す）とあるのを意識したのであろう。この、月が中天にかかるというのも味がある。また、第七句に用いられる「幽賞」「清談」の語も、「幽賞未已、高談転清」（幽賞 未だ已まざるに、高談 転《うた》た清し）を踏まえたもので、巧みに李白の文章を取り込むことによって、高雅な遊びの雰囲気を意識させるのである。

首聯に戻ると、湯島聖堂の塀を「数仞門牆」と詠じているのが面白い。この語は、『論語』子張篇に「夫子之牆也数仞」（夫子の牆《しょう》や数仞なり）とあるのを踏まえており、孔子を祀った聖廟である湯島聖堂にふさわしい。

第四句の「苔生深院」には面白みがない。苔はもともと聖堂の庭に生えているのだから、ここでさらに「生える」と詠う必要はない。そこでここは「苔蒼」（苔 蒼し）と改める。それに伴って第三句の「月上」を「月白」（月白し）に代えると、頷聯で色彩の対ができ、情景がよりはっきりする。

また、頷聯「憐看桜樹花千朶　喜酌金尊酒幾巡」の「憐」の字は、ここでは「愛おしむ」の意で用いているが、言わずもがなの無駄な語のように感じられる。そこで、「傍看」（傍らに看る）に代えて、「喜酌」も「交酌」（交《こも》ごも酌む）に代えるとよい。

完成

聖堂花宴

巍○巍○聖●廟●茗●渓○浜◎
数●仞●門○牆○絶●俗●塵◎
月●白●中○天○高○挙●燭●
苔○蒼○深○院●浄●舗○茵◎

聖堂花宴《せいどうかえん》

巍巍《ぎぎ》たる聖廟《せいびょう》　茗渓《めいけい》の浜《ひん》
数仞《すうじん》の門牆《もんしょう》　俗塵《ぞくじん》を絶《た》つ
月《つき》　中天《ちゅうてん》に白《しろ》くして　高《たか》く燭《ともしび》を挙《あ》げ
苔《こけ》　深院《しんいん》に蒼《あお》くして　浄《きよ》く茵《しとね》を舗《し》く

傍看桜樹花千朶
交酌金尊酒幾巡
幽賞清談興何極
夜遊莫厭到明晨

傍《かたわ》らに看《み》る 桜樹《おうじゅ》 花千朶《はなせんだ》
交《こも》ごも酌《く》む 金尊《きんそん》 酒幾巡《さけいくじゅん》
幽賞《ゆうしょう》 清談《せいだん》 興《きょう》 何《なん》ぞ極《きわ》まらん
夜遊《やゆう》 厭《いと》う莫《な》かれ 明晨《めいしん》に到《いた》るを

【訳】聖堂での花見の宴／お茶の水を流れる神田川のほとりに高々と聖堂が聳え立っている。その数仞の高さの門や土塀は、俗世間の空気を隔絶している。月は天高く白く輝き、まるで燈火を高く掲げたかのようであり、奥深い中庭に苔が青く、あたかも敷物をきれいに敷いたかのようである。傍らにいっぱいに咲いた桜の花を愛でつつ、酒樽から酌んだ酒を代わる代わる酌み交わす。静かに景物を味わい清らかな話を交わして、興趣は尽きることがない。今夜の花見の宴が明日の朝まで続いても、嫌だなどといわないでくれ。

64 「あえて問う」ことの効果

春日訪友《しゅんじつほうゆう》　H・I生

杖《つえ》を曳《ひ》く　春郊《しゅんこう》の路《みち》
君《きみ》が家《いえ》は何《いず》れの処《ところ》の村《むら》ぞ
一蹊《いっけい》　竹《たけ》を穿《うが》ちて入《い》り
五柳《ごりゅう》　風《かぜ》を受《う》けて　翻《ひるがえ》る
戸《と》を叩《たた》きて青眼《せいがん》に逢《あ》い
堂《どう》に上《のぼ》りて　緑尊《りょくそん》を斟《く》む
文《ぶん》を論《ろん》じ　還《ま》た旧《きゅう》を話《わ》し
覚《おぼ》えず　黄昏《こうこん》に到《いた》る

原案

春日訪友

曳●杖●春○郊○路●
君○家○何○処●村◎
一●蹊○穿○竹●入●
五●柳●受●風○翻◎
叩●戸●逢○青○眼●
上●堂○斟○緑●尊◎
論○文○還○話●旧●
不●覚●到●黄○昏◎

【訳】春の日に友人を訪ねる／杖を手にして春の郊外を行く。わが友の家があるのはどの村であろうか。一本の小道が竹藪の中へ続いており、五本の柳が風を受けてひらめいている。戸を叩くと友人が親しく迎えてくれたので、座敷へ上って酒を酌み交わす。詩文について議論したり思い出話をしたりしているうちに、いつしか夕暮れになってしまった。**【語釈】** **五柳**＝五本の柳。陶淵明「五柳先生伝《ごりゅうせんせいでん》」に「宅邊有五柳樹」（宅《たく》辺《へん》に五柳樹《ごりゅうじゅ》有《あ》り）とある。**青眼**＝親愛の情を示す眼差し。三国魏の阮籍《げんせき》の「俗物が来ると白眼で対し、気に入りの人物には青眼で対した」故事を踏まえる。**緑尊**＝おいしい酒。尊は、樽に同じ。

春の郊外に杖を引いてぶらぶらと歩き、「君家何処村」というのは面白い。家の場所は分かりきっているのに、「どこにあるのだろうか」とあえて問うのは、王維「香積寺《こうしゃくじ》に過《よ》ぎる」の「不知香積寺」（知らず 香積寺）や、杜甫「蜀相《しょくしょう》」の「丞相祠堂何処尋」（丞相《じょうしょう》の祠堂《しどう》何《いず》れの処《ところ》にか尋《たず》ねん）のように、詩に奥行きが生まれるのである。頷聯の「五柳」は陶淵明の、また頸聯の「青眼」は阮籍の故事とあい応じており、かつ「一」「五」の数字合わせや、「竹」「風」を対置した対句のできもよい。問題は第六句の上二字の「上堂」である。連想されるのは杜甫「衛八《えいはち》処士《しょし》に贈る」の「重上君子堂」（重ねて上《のぼ》る君子の堂）であるが、これは、杜甫が若い時、衛八の家に招かれて歓待を受け、堂に上ってその親に挨拶をしたというもの。親御さんのいるところは堂（座敷）でなければならないが、この詩の場合は粗末な田舎家なので、堂では詩の雰囲気を壊してしまう。そこで「擁炉」（囲炉裏を囲む）と改める。これなら、陶淵明などの話の「閑適」

の趣にもよく合い、味のある詩となった。

完成

春日訪友

曳●杖●春○郊○路●
君○家○何○処●村○
一●蹊○穿○竹●入●
五●柳●受●風○翻○
叩●戸●逢○青○眼●
擁○炉○斟○緑●尊○
論○文○還○話●旧●
不●覚●到●黄○昏○

春日訪友《しゅんじつほうゆう》
杖《つえ》を曳《ひ》く 春郊《しゅんこう》の路《みち》
君《きみ》が家《いえ》は何《いず》れの処《ところ》の村《むら》ぞ
一蹊《いっけい》 竹《たけ》を穿《うが》ちて入《い》り
五柳《ごりゅう》 風《かぜ》を受《う》けて 翻《ひるがえ》る
戸《と》を叩《たた》きて青眼《せいがん》に逢《あ》い
炉《ろ》を擁《よう》して 緑尊《りょくそん》を斟《く》む
文《ぶん》を論《ろん》じ 還《ま》た旧《きゅう》を話《わ》し
覚《おぼ》えず 黄昏《こうこん》に到《いた》る

【訳】春の日に友人を訪ねる／杖を手にして春の郊外を行く。わが友の家があるのはどの村であろうか。一本の小道が竹藪の中へ続いており、五本の柳が風を受けてひらめいている。戸を叩くと友人が親しく迎えてくれ、囲炉裏を囲んでうま酒を酌み交わす。詩文について議論したり思い出話をしたりしているうちに、いつしか夕暮れになってしまった。

付録

【図解 平仄式 七言絶句】

◆平起式…第一句・二字目が平声

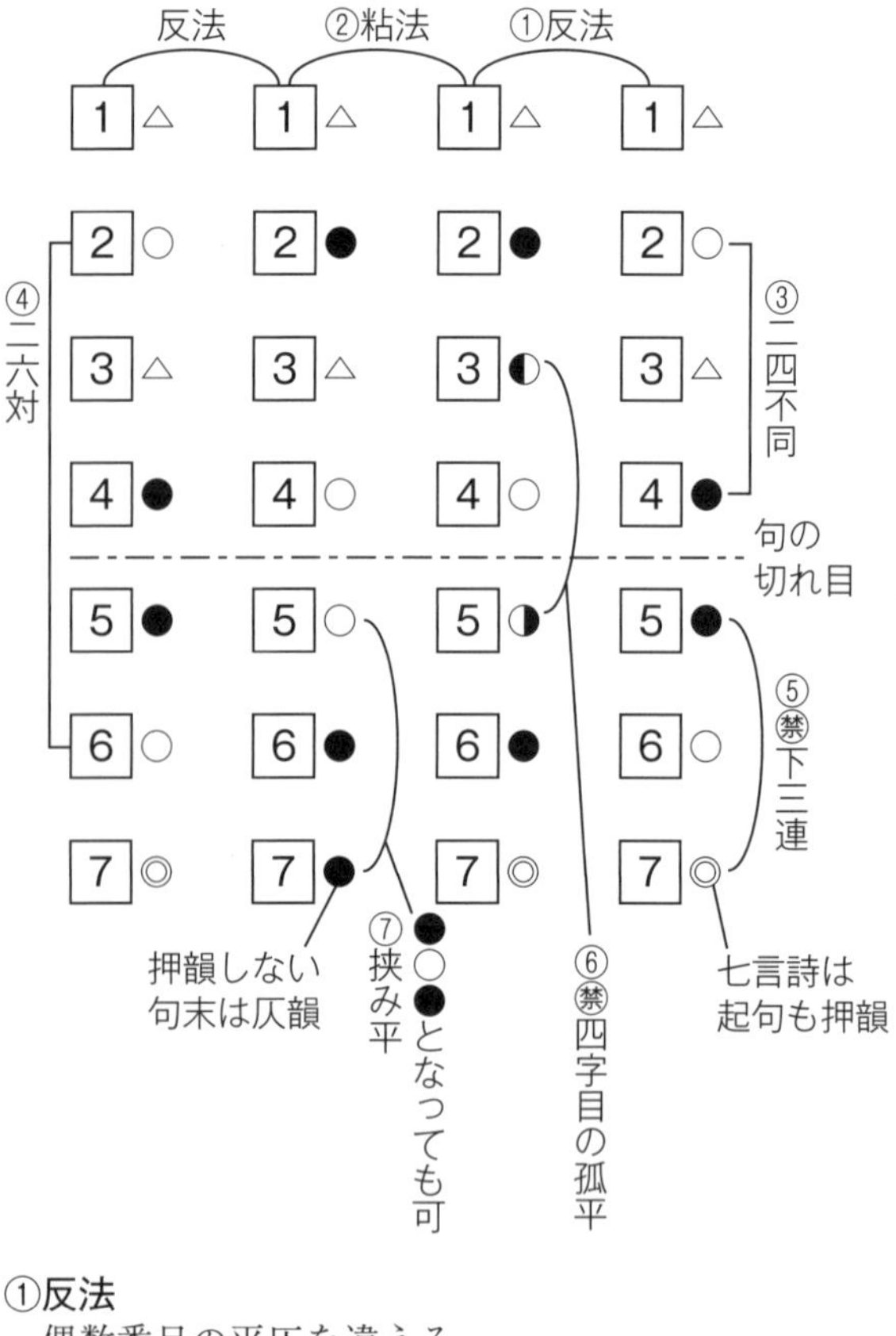

①反法
偶数番目の平仄を違える
②粘法
偶数番目の平仄を同じにする
③二四不同
二字目・四字目の平仄を違える
④二六対
二字目・六字目の平仄を揃える

○ 平声　● 仄声
◎ 押韻する箇所(平声)
△ 平仄どちらでも可
◐◑ 上下で平仄を違える

◆仄起式…第一句・二字目が仄声

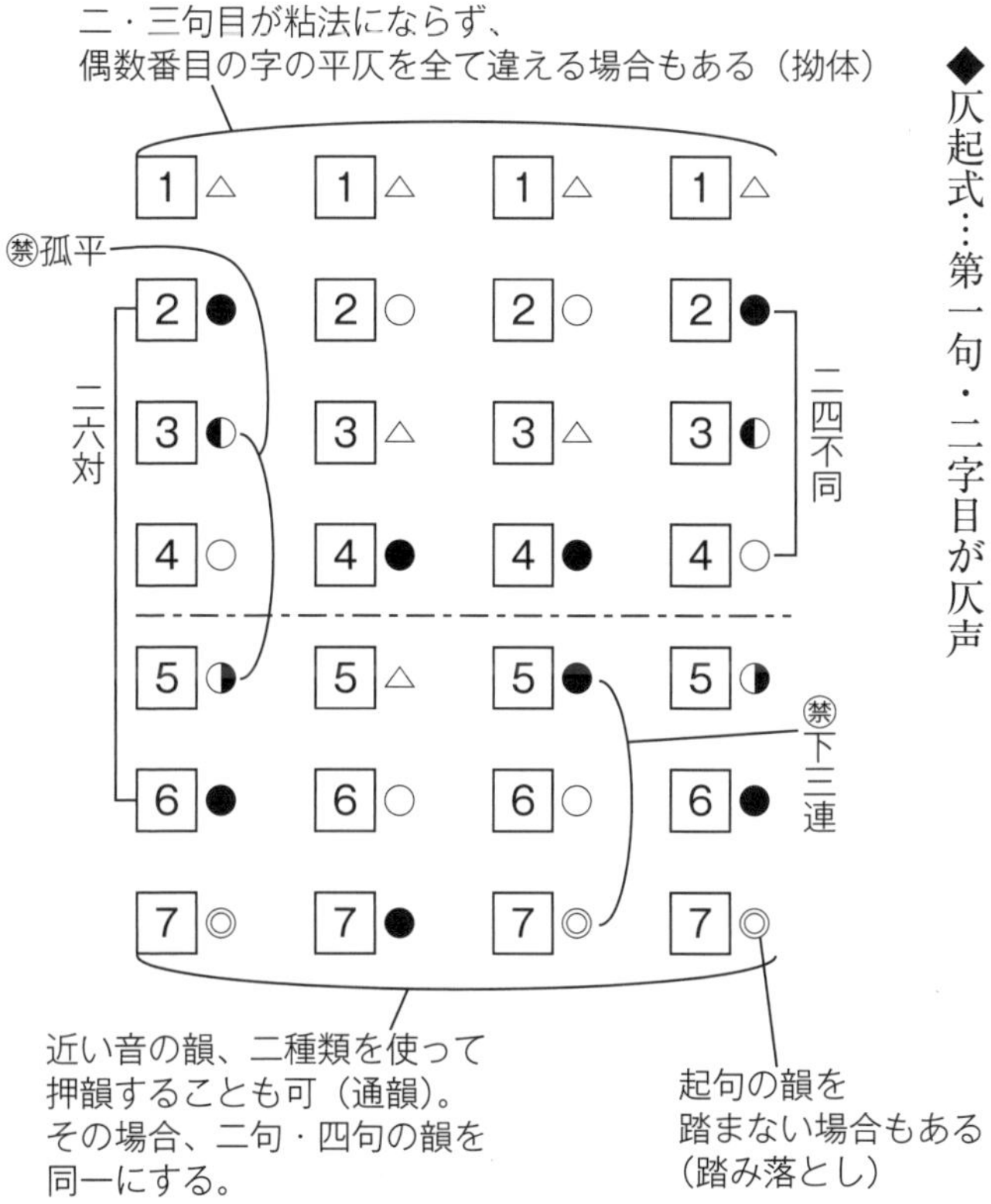

二・三句目が粘法にならず、
偶数番目の字の平仄を全て違える場合もある（拗体）
㊝孤平
二六対
二四不同
㊝下三連
近い音の韻、二種類を使って
押韻することも可（通韻）。
その場合、二句・四句の韻を
同一にする。
起句の韻を
踏まない場合もある
（踏み落とし）

⑤下三連（禁忌）

下三字の平仄を同じにしてはならない

⑥孤平（禁忌）

四字目のみを平声にしない

⑦挟み平（挟平格）

下三字は、平仄仄となるものを仄平仄としてもよい。

【図解　平仄式　五言律詩】

◆仄起式…第一句・二字目が仄声

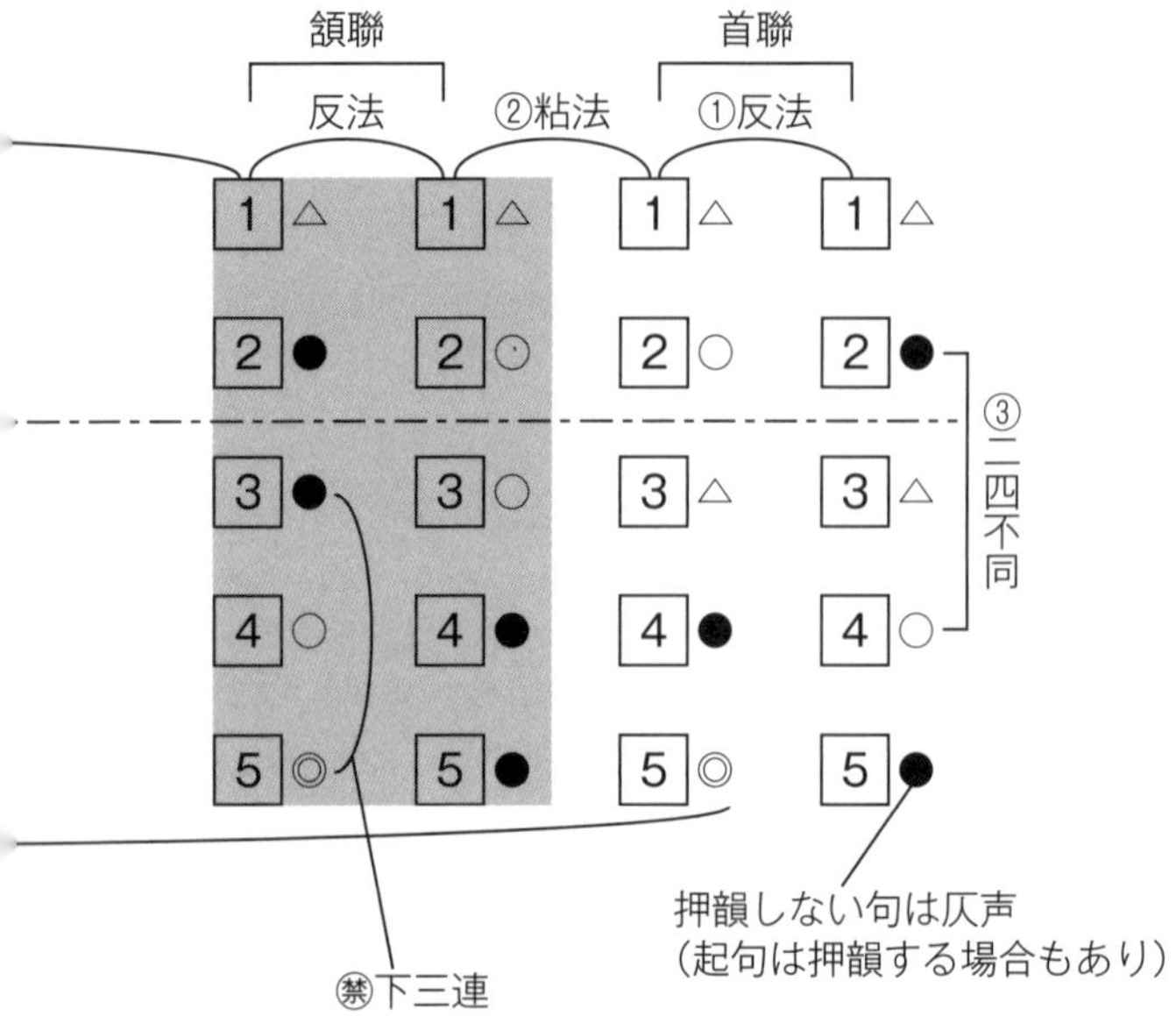

○ 平声　● 仄声
◎ 押韻する箇所(平声)
△ 平仄どちらでも可

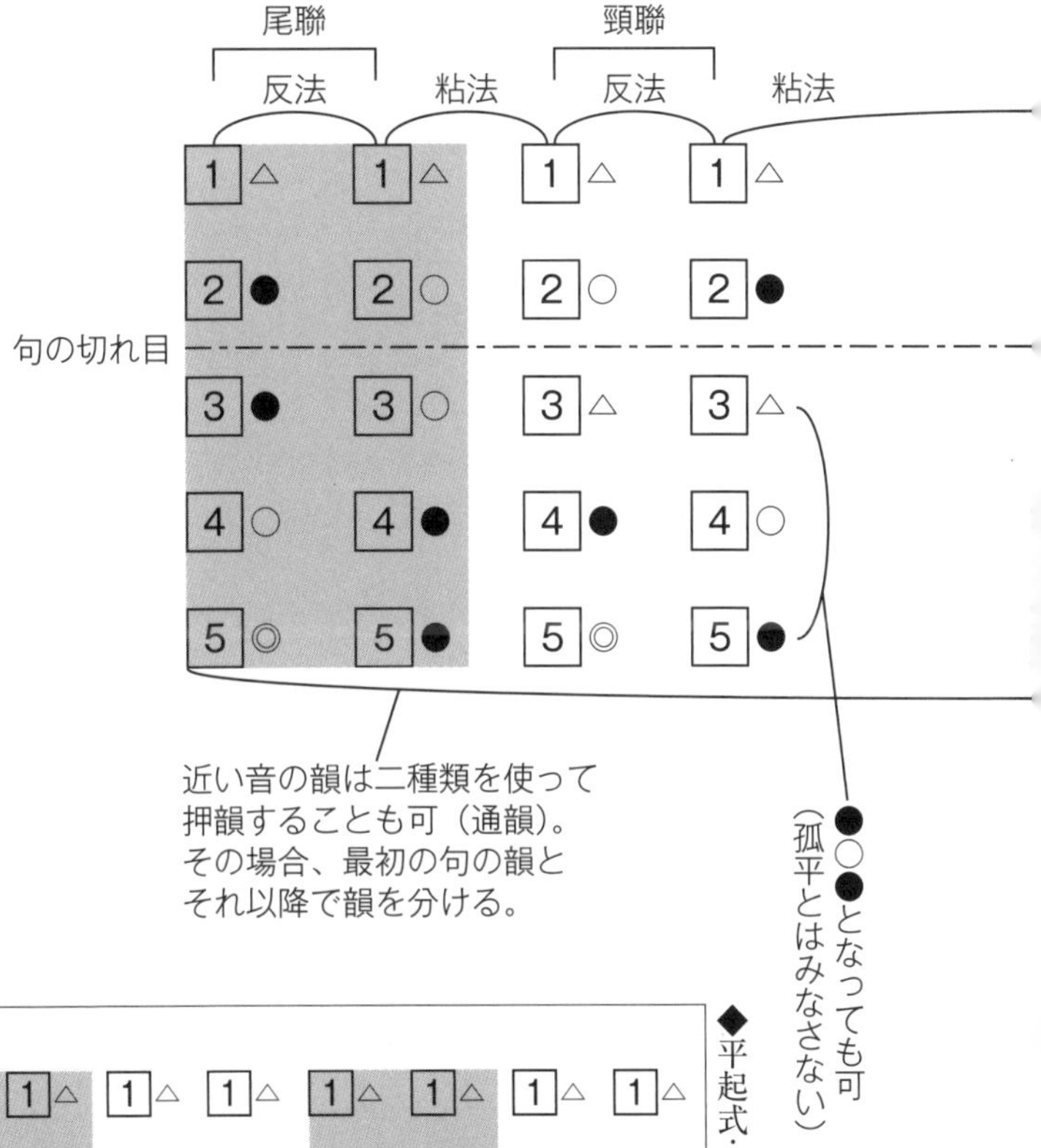
尾聯
頸聯
反法
粘法
反法
粘法
句の切れ目
近い音の韻は二種類を使って押韻することも可（通韻）。その場合、最初の句の韻とそれ以降で韻を分ける。
●○●となっても可（孤平とはみなさない）

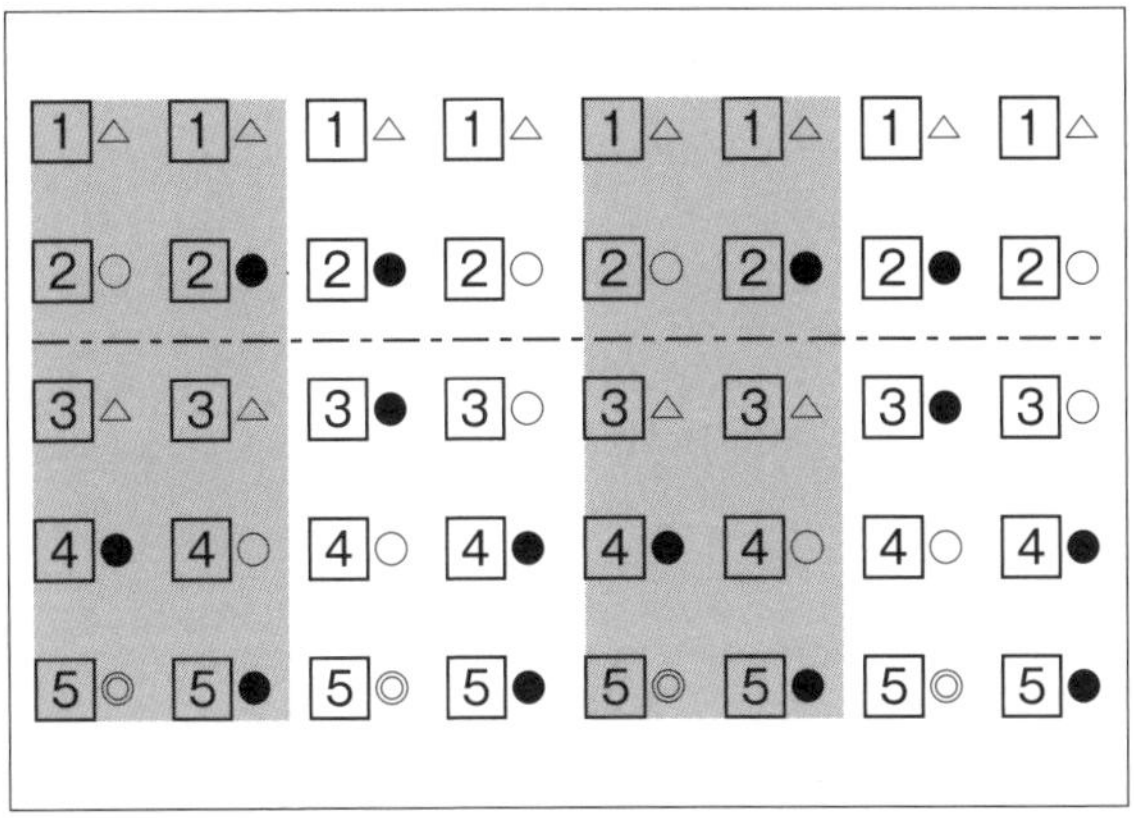

◆平起式…第一句・二字目が平声

用語解説・索引

＊本文の推敲・直伝にでてくる語は、本文でページを示した。出現数の多い語は省略した。

あ行

一韻到底（いちいんとうてい）
一つの詩を、同一の韻で押韻《おういん》すること。

韻（いん）
音の響き・調子。特に漢詩では、漢字の語頭《ごとう》子音《しいん》を取り去った後ろの部分の音をいう。例えば、「間」「山」の字はローマ字で表せば kan, san であり、an の部分の音が韻である。→押
韻・声調 本文 14・32・34・43・76・79・91・141・169

韻字（いんじ）
韻をふむのに用いる字。 本文 33・79・91・93

韻目（いんもく）
韻の種類。平水韻では百六種の韻目がある。本書では各詩の押韻の韻目を偶数ページの右端に掲出している。→平水韻 本文 45・79・91

韻をふむ（いんをふむ）
「押韻《おういん》」に同じ。

詠史・懐古（えいし・かいこ）
過去の歴史を振り返って思いを述べるもの。
本文 85・88・119

押韻（おういん）
同じ音、同じ声調を持つ字を用いて、音調を整えること。「韻をふむ」とも。おおむね句の末尾で韻をふむ（脚韻《きゃくいん》）。同じ響きの音を一定の位置に置くことによって、耳に聞いて心地よいという効果を生ずる。→韻
七言絶句では、一・二・四句末に韻をふむのが正しい規則（正格《せいかく》）。一句目にふまない形もあ

り、俗に「ふみ落とし」という。五言絶句は二・四句目の末尾にふむのが正格。一句目にもふむ場合もあり、変格として認められる。韻は平水韻に拠り、そのうちの平声の三十種のどれかを用いる。絶句・律詩は、原則として同一の韻で押韻する（一韻到底《いちいんとうてい》）。二種類の韻を用いることが許容される場合もある。
↓通韻《つういん》
韻をふまない句（三句目。また、韻をふまない場合の一句目）は、末尾に必ず仄声の語を置く。本文 46・76・91・174

か行

懐古[詩]（かいこ[し]） ↓詠史・懐古

換韻（かんいん）
長い句数の古詩で、一つの韻をふみ続けるのではなく、途中で韻を換えること。

漢語（かんご）
昔、中国から伝来して日本語となった語。字訓ではなく字音で読む。本文 3・33・46・55・67

頷聯（がんれん）
律詩の第三句と第四句。本文（省略）

起句（きく）
漢詩の最初の句。特に、絶句の第一句。↓起承転結 本文（省略）

起承転結（きしょうてんけつ）
絶句の構成法。絶句は四句の短い詩形であるので、的を絞って詠いたいことをはっきりさせなくてはならない。そのための効果的な方法が「起承転結」の構成である。
第一句 —— 起句 詠い起こし。
第二句 —— 承句 前の句を承《う》けて、場面を広げる。

第三句 —— 転句　場面を転換させる。

第四句 —— 結句　転句を踏まえて全体をしめくくる。

全体をしめくくる結句を導き出すために前の句でそのお膳立てをする。特に前半の二句は結句を引き出す舞台装置の役割をする。

挟平格（きょうへいかく）

韻をふまない句の下三字の平仄が、平仄仄（○●●）の順番で並んでいるものを仄平仄（●○●）とすることができること。「挟《はさ》み平《ひょう》」とも。本文194

虚・実（きょ・じつ）

「虚」は人の心情、「実」は風景や具体的なもの。一首の中で虚実を対比させることが特に律詩では重要視される。本文185・187

去声（きょせい・きょしょう）

古代中国語の声調の一つで、下がり調子の音。本文41

近体詩（きんたいし）

絶句・律詩といった、句数などの決まりが定まった唐代初期以降の漢詩の総称。↓古体詩
本文112

句中対（くちゅうつい）

七言詩の中で、一句の上四字と下三字が同じ構造をとるもの。一例として白居易「長恨歌」の一句は、「太液芙蓉未央柳」の上四字が「池の名―植物」、下三字が「宮殿の名―植物」となっている。本文6・112・118

閨怨[詩]（けいえん[し]）

男性を待ちわびる女性の思いを詠うもの。
本文30・121

頸聯（けいれん）
律詩の第五句と第六句。 本文 （省略）

結句（けっく）
絶句の第四句。 ↓起承転結 本文 （省略）

後対格（こうついかく）
絶句の後半の二句を対句にしたもの。 ↓前対格・全対格 本文 181

国字（こくじ）
日本で作られた漢字。「畑」「働」「峠」「笹」「萩」「榊」「匂」「梶」など。 ↓和習

五言絶句（ごごんぜっく）
一句五字で、四句からなる漢詩。 本文 （省略）

五言律詩（ごごんりっし）
一句五字で、八句からなり、中の二聯を対句にする漢詩。 本文 （省略）

古体詩（こたいし）
句数や一句の字数などが定まっていない詩。また、唐代以前の漢詩の総称。 ↓近体詩

孤平（こひょう）
平仄の禁忌事項。五言詩の二字目、七言詩の四字目が平字の場合、前後二字が仄字で平字を孤立させること。特に七言句の四字目は句の中央になるため、ここを孤平にすると、句が折れるようなリズムになり安定性に欠ける。

さ行

次韻[詩]（じいん[し]）
他人の詩と同じ韻字を同じ順序で用いて詩を作ること。また、その詩。 本文 75・76・77

詩語（しご）
詩に用いる言葉。詩にふさわしい言葉。
本文 3・46・48・49・52・82・85・97

時事[詩]（じじ[し]）
その時々の社会的な出来事を詠むもの。 本文 105・106

四声（しせい）
古代中国語で使われた四つの声調。平声・上声・去声・入声。→声調

七言絶句（しちごんぜっく）
一句七字で、四句からなる漢詩。 本文（省略）

七言律詩（しちごんりっし）
一句七字で、八句からなる漢詩。原則として、中の二聯を対句仕立てにする。 本文（省略）

下三連（しもさんれん・かさんれん）
平仄の禁忌事項。一句の下三字の平仄を全て同じにすること。下三字が全て平声のものを平三連《ひょうさんれん》、仄声のものを仄三連《そくさんれん》という。
七言絶句を例にとると、第一句の二字目を平とする場合、六字目も平となるが（二六対《にろくつい》）、七言絶句の第一句は韻をふむので、五字目は必ず仄としなくてはならない。 本文 21

首聯（しゅれん）
律詩の第一句と第二句。 本文（省略）

畳韻（じょういん）
「欄干《らんかん》」「連綿《れんめん》」など、同じ韻の字を重ねた語。

承句（しょうく）
絶句の第二句。→起承転結 本文（省略）

上声（じょうせい・じょうしょう）
古代中国語の声調の一つで、上がり調子の音。

声調（せいちょう）
音の調子、高低。古代中国語の声調は、「平《ひょう》声《せい》（低く平たい調子）」「上声《じょうせい》（上り調子）」「去声《きょせい》（下がり調子）」「入声《にゅうせい》（つまる調子。促音）」の四種に分けられる（四声《しせい》）。上声・

去声・入声は平らでないという意味で「仄《そく》声《せい》」と総称され、平声と仄声の排列のきまりを「平仄《ひょうそく》」と呼ぶ。

絶句（ぜっく）

四句からなる漢詩。一句が五字の五言絶句、一句が七字の七言絶句など。本文（省略）

全対格（ぜんついかく）

絶句・律詩の前半と後半全部を対句にしたもの。→前対格・後対格

前対格（ぜんついかく）

絶句の前半を対句にしたもの。→後対格・全対格

仄三連（そくさんれん）→下三連《しもさんれん》

仄字（そくじ）

仄声である字。

仄声（そくせい）

声調が平板でない、上声・去声・入声の総称。「仄」は、かたむいているの意。本文 21・30・121

仄起式（そっきしき）

第一句の二字目が仄字の詩。「仄起《そくお》こり」とも。→反法・粘法・平起式

た行

題詠[詩]（だいえい[し]）

与えられた題に沿った内容の詩を作ること。また、その詩。本文 105・106・132・148・154・157

対偶（たいぐう）

対《つい》になっているもの。対句《ついく》。本文 174

重言（ちょうげん・じゅうげん）

「悠悠」や「紛紛」など、同じ漢字を重ねた熟語。「畳語《じょうご》」とも。近体詩は、一首内に同一の漢字を複数使ってはならないが（同字相

犯)、重言は例外として許容される。

長律(ちょうりつ)
十句以上の偶数句からなる漢詩。「排律《はいりつ》」とも。本文 186・187

対句(ついく)
対語《ついご》の構成を句に拡大したもので、同じ性質や構造を持った一対の句をいう。律詩では原則として、第三・四句(頷聯《がんれん》)と第五・六句(頸《けい》聯《れん》)をそれぞれ対句に仕立てる。全八句の中ほどに構築するこの二組の対句こそが律詩の見せどころ。対句は律詩の要件であるが、絶句に用いられることもある。本文(省略)

対語(ついご)
「春風」と「秋雨」、「花発(花発《ひら》く)」と「鳥鳴(鳥鳴く)」のように、同じ性質や構造を持った一対の語。二字の語の場合は、二字目の平仄を違《たが》える必要がある。右の例はともに、「春風」「秋雨」、「花発」「鳥鳴」と、二字目の平仄が異なり、対語の要件を満たしている。本文 103

詞(ツー)
韻文の一種。詩と異なり一句の字数が一定しない。本文 91

通韻(つういん)
同一の韻目ではなく、音の近い二種類の韻目に属する字を用いて押韻すること。二種の韻をA・Bとすると、〔起句―承句―結句〕を〔A―B―B〕の形で押韻する必要がある。通韻が許容される組み合わせは、「東・冬」「支・微」「魚・虞」「寒・删」「蕭・肴・豪」「歌・麻」「庚・青」である。→押韻 本文 79・91

通押(つうおう) →通韻

転句(てんく)

絶句の第三句。↓起承転結 本文（省略）

同字相犯（どうじそうはん）
用字の禁忌事項。一首内に同一の漢字を複数用いてはならないというきまり。「同字重《ちょう》複《ふく》」とも。限りある字数の中で同じ字が出てくると、それだけ詠み込める内容が少なくなってしまうことから確立したものであろう。ただし、重言《ちょうげん》や句中対《くちゅうつい》は例外として認められる。↓重言・句中対 本文24・112

な行

二四不同・二六対（にしふどう・にろくつい）
一句の中で二字目・四字目の平仄を違《たが》え、二字目・六字目の平仄をそろえること。前者を「二四不同」、後者を「二六対」という。一句の節となる部分の音を互い違いにすることで、音の変化を図るのである。

入声（にゅうせい・にっしょう）
古代中国語の声調の一つで、つまる調子の音。ローマ字表記で語尾が「p・t・k」になる字。

は行

粘法（ねんぽう） ↓反法・粘法

排律（はいりつ） ↓長律《ちょうりつ》

挟み平（はさみひょう） ↓挟平格《きょうへいかく》

反法・粘法（はんぽう・ねんぽう）
二句をひとまとまりとしてとらえ、その中で前後の句の二字目・四字目・六字目の平仄配置を反対にすることを「反法」という。逆に、前後の句の平仄配置を同じにすることを「粘法」という。四句をひとまとまりとすると、一・四句目、二・三句目の平仄配置が同じにな

る。絶句・律詩は反法と粘法を繰り返して一詩を構成する。↓図解平仄式（204ページ）

この規則に従うと、第一句の二字目に平字と仄字のどちらを用いるかによって、基本的な平仄式（平仄の配列の型）が決まる。第一句の二字目が平字の詩を「平《ひょう》起《き》式《しき》」、仄字の詩を「仄《そっ》起《き》式《しき》」と呼ぶ。

百六韻（ひゃくろくいん）↓平水韻《へいすいいん》

平起式（ひょうきしき）
第一句の二字目が平字の詩。「平《ひょう》起《お》こり」とも。↓反法・粘法・仄起式

平三連（ひょうさんれん）↓下三連《しもさんれん》

平字（ひょうじ）
平声である字。

平声（ひょうせい・ひょうしょう）
古代中国語の声調の一つで、低く平たい調子の音。平水韻では、三十種の韻を便宜的に「上《じょう》平《ひょう》声《しょう》」と「下《か》平《ひょう》声《しょう》」に分ける。
本文 21・30・121

平仄（ひょうそく）
平声と、仄声（上声・去声・入声の総称）。また、その配列。↓声調
平仄の配列にはいくつものきまりがある。↓二四不同・二六対・反法・粘法・拗体・挟平格・孤平・下《しも》三連《さんれん》
通常平仄の記号として、平声を○、仄声を●、平声による押韻を◎で表す。本文 39・67・68・91・92・109・187・194

尾聯（びれん）
律詩の第七句と第八句。本文（省略）

ふみ落とし（ふみおとし）
七言詩で、第一句に押韻しないこと。正しい

規則ではないが、変格《へんかく》として許容される。

平水韻（へいすいいん・ひょうすいいん）

十三世紀に劉淵《りゅうえん》によって定められ、現代まで通用している韻の分類法。韻を百六種に分類する（左の表を参照）。名称は劉淵の出身地平水（山西省）にちなむ。

冒韻（ぼういん）

禁忌事項の一つだが、厳格なものではない。一首の中で、押韻する箇所以外にその韻目に属する字を用いること。韻字の音の効果をそぐため、避ける。韻をふまない転句では問わない。結句ではなるべく避ける。本文 79・177

や行

拗体（ようたい・おうたい）

絶句の四句の配列が反法・粘法・反法にならず、反法・反法・反法となるもの。平仄の規則に合わないが、例外として許容される。

↓反法・粘法

	上平声	下平声	上声	去声	入声
1	東	先	董	送	屋
2	冬	蕭	腫	宋	沃
3	江	肴	講	絳	覚
4	支	豪	紙	寘	質
5	微	歌	尾	未	物
6	魚	麻	語	御	月
7	虞	陽	麌	遇	曷
8	斉	庚	薺	霽	黠
9	佳	青	蟹	泰	屑
10	灰	蒸	賄	卦	薬
11	真	尤	軫	隊	陌
12	文	侵	吻	震	錫
13	元	覃	阮	問	職
14	冬	塩	旱	願	緝
15	刪	咸	潸	翰	合
16			銑	諫	葉
17			篠	霰	洽
18			巧	嘯	
19			皓	効	
20			哿	号	
21			馬	箇	
22			養	禡	
23			梗	漾	
24			迥	敬	
25			有	径	
26			寝	宥	
27			感	沁	
28			琰	勘	
29			豏	豔	
30				陥	

ら行

律詩（りっし）
八句からなる漢詩。原則として、第三・四句（頷聯）と第五・六句（頸聯）が、それぞれ対句の構成をとる。一句が五字の五言律詩、一句が七字の七言律詩など。本文（省略）

わ行

和語（わご）
日本のことば。漢語にはない、日本固有のことば。本文 3・4・6・52・85・100・148

和習（わしゅう）
日本の習慣、日本臭さの意。「和臭」とも。
漢詩はもともと中国の詩歌であるため、日本風の表現や発想は極力避けなくてはならない。おもな留意点を挙げてみよう。
・日本で作られた漢字（国字《こくじ》）は用いない。
・日本で独自の意味を付され（国訓《こつくん》）、日中で意味が異なる漢字や熟語は、使い方に注意が必要。「空」は日本には「そら」の意があるが、中国では単独では「そら」の意には用いず（熟語としては「碧空」「長空」などはある）、「むなしい」や「空間」の意に用いる、など。
・漢語では見かけない熟語（和語）は用いない。「御魂《みたま》」「卯花《うのはな》」「世話《せわ》」など。
・漢文にない語順や言い回しは用いない。「看夢（ゆめをみる）」など。
・動植物、地名などの固有名詞で、中国にないものを表現する場合、不自然でない言葉や、雅語に言い換える工夫が必要。本文 5・6・33・85

稽古索引

＊稽古の主なトピックを取りあげ、本文の該当箇所の解説を適宜省略して掲載した。
本文 でその箇所のページを示した。

和語の表現・発想である

・「包体」は和語で、不自然。本文 3
・「運岸」は和語。本文 3
・「乱蟬如雨」は「蟬時雨《せみしぐれ》」の字面に引きずられた和習。本文 6
・「消音」（音を消す）は和語。本文 6
・「曇」をくもるの意で使うのは和習。本文 33
・「杜宇」（ホトトギス）は漢詩では初夏のさわやかさを表すのに用いない。本文 49
・「空木花」は和語。「眼輝行」も詩語にない和語風の言い回し。本文 52
・「吹水処」は、いかにも日本語。本文 64
・「今日此栄耀」は和語の発想。本文 85
・「慶祝」は和語臭い。「慶賀」とする。本文 100

漢語の語法にかなっていない

・副詞は、動詞や形容詞の前に置くのが原則。「望唯」は「唯望」に改める。本文 3
・「不耐」はこのままでは下の句にかかり、反対の意味になる。本文 21
・「幸」一字で「さいわい」という名詞に用いるのは無理である。本文 27
・「邀驪老孺興無疆」の並びは漢語として不自然。本文 55
・「流船」は「覆船」に改める。本文 106

他の語句とまぎらわしい

- 「青海」は、大きな湖の固有名詞にも用いられるため紛らわしい。本文 3
- 「大寒」は、二十四節気の「大寒」か、「大変寒い」の意かわかりにくい。本文 21
- 「独逸」（独り〜を逸して）は、国名「独逸」（ドイツ）と紛らわしい。本文 145

意味がわかりにくい

- 「周遭石磴」の「周遭」はぐるりと囲む意であり、石の階段が周りを取り囲むとは、よく意味が通じない。本文 9
- 「欲凝吟眸」は、「詩を作りつつ風景を眺めたい」の意には読めない。本文 13
- 「紅氷馬上照朝陽」は、訳がなければ意味が伝わらない。本文 33
- 「伴有清風気自純」の、「伴」と「気自純」がわかりにくい。本文 100
- 「新婦倶仁孝」はわかりにくい。本文 112
- 「誌跡木牌」は意味が通じにくい。本文 115
- 「不患貧」は、わかりにくく、理屈っぽい。本文 163
- 「抑志寥天任翠虬」は表現に無理がある。本文 174

言葉が対象に合っていない

- 都会の公園に「幽園」はそぐわない。本文 6
- 「錚錚」は鐘の音には用いない。本文 9
- 「開濁酒」はおかしい。本文 21
- 「鏘鏘」は風鈴の音には用いない。本文 43
- 「婆娑」は竹の形容には不自然。本文 43

・「周匝」は、もっと広い場面の物を詠ずる場合に使う。本文 73
・「蓬萊」山より「芙蓉（ハス）」のほうが、富士山の「白」にふさわしい。本文 91
・鳥には「同居」でなく「棲」を用いる。本文 97
・「疾如雷」はスケールの大きな災害を言うには表現が弱い。本文 106
・霜は「うるおす」ものではない。「霜露」より「霜降」がよい。本文 142
・古雅な文章を研究する学会を言うには、「文苑」より「文雅」がよい。本文 160
・「埋頭」は亀にはふさわしくない。本文 174
・雨の雫によって起こる波紋は、「円波」より「円紋」が適切。本文 182

表現・発想が懲りすぎている 大袈裟である

・暑さをしのいで木陰で休むことを「追涼」と言うのは大袈裟。本文 6
・「洗塵胸」は、「見清容」とあっさり詠うほうがよい。本文 24
・「暁憶」は単に「早暁」とする。本文 36
・「野趣」を「野色」に変更して、主観を弱める。本文 52
・「軽風度池」は大袈裟な表現。本文 64
・「無端夢老親」の「無端」が大袈裟。本文 154
・最後に「萍草」（浮き草）が登場するので、第一句の「暮江」を「暮津」に代え、広い川から渡し場へと情景を小さくする。本文 187
・「春水砕瓊玉」は強すぎる。本文 194

詩語らしい語を用いる

- 古びた感じを出すために「旧道」を「古道」にする。本文 52
- 詩語としては「焼石」よりも「爍石」のほうがよい。本文 82
- 「開幕」を、詩語としてより熟している「開府」に代える。本文 85
- 「岡陵」はあまり使わない語であるため、「王陵」に改める。本文 88
- 「雖云」は理屈臭い表現のため、「誰云」に代える。本文 106
- 「賛美詩」は「賛美歌」とするほうがより適切。韻を代える。本文 141
- 「頑雪」はあまり見ない語のため、「籬雪」に代える。本文 190

固有名詞を生かす

- 坐像が二代将軍夫人、三代将軍生母であることを意識し、江戸をさす「武城」を用いてこの地が江戸城の近郊であるようにする。本文 49
- 「荏城」「墨江」など、先人が開発した固有名詞の雅称を活用する。本文 86
- 固有名詞の字面が詩の中で活きるようにする。字面の悪い固有名詞は使えない。本文 115
- 山の固有名詞である「陰山」がよく決まっている。本文 145
- 「知行楼」という校舎名が詩の中でよく効いている。本文 160
- 二つの固有名詞「千曲河」と「旅情歌」が詩の中によく溶け込んでいる。本文 167

外国の事物をその特徴が出るように表現する

・「樅樹瑤珠」は、「樅樹懸珠」と、もみの木に玉飾りを飾る動作にすればクリスマスらしさが出る。本文67

・サンタクロースは、語のニュアンスや平仄から、「紅袍白髱翁」「白髯緋服翁」ではなく、「白髯紅襖翁」とする。本文67

・「艶麗」を「妖麗」にするとエキゾチックな感じが出る。本文70

・「鉄琴」を「越琴」にして、南方の音楽の意を出す。本文70

・「一茗茶」「卓上茶」はどこの国のお茶でも通じる表現。「濃淡茶」としてトルコの西方らしさを出す。本文73

・「青草碧湖」ではシルクロード風の情景を感じさせるため、リアス式海岸とハーバーブリッジをイメージして「曲港長橋」にする。本文136

詩の内容と題が合っていない

・「夏日山行」という題でありながら、全体に夏らしさが感じられない。本文10

・箱根の芦ノ湖を中心に詠っているため、題に「蘆湖」を入れる。本文13

・題を「雨中暁臥」から「梅天閑詠」に代えて、詩の内容との一致を図る。本文36

・雨上がりの雰囲気に乏しいため、題を「初夏雨余」から「初夏即事」に代える。本文40・43

・織姫を詠じているので、題を「村郊漫歩」から「七夕夜遊」に代える。本文58

・題は「松林採蕈」であるが、詩の中にきのこ

採りにふさわしい語がない。本文 130

・月見を迎える情景に、題の「水亭独酌」の「独酌」は合わない。本文 132

・題は「春雨初霽」であるのに、その情景がない。本文 183

一句内での言葉と言葉のつながりが悪い

・「碧樹微吟曳短筇」は、「碧樹」と下とのつながりが悪い。本文 10

・「茅屋無人機足忘」は、「茅屋無人」と「機足忘」が噛み合わない。本文 43

・「翩翩雪下」は落ち着きが悪い。本文 67

・「南唐夢去」と「物皆春」のつながりが悪い。本文 88

・「茶水桜花」と「喜寿春」のつながりが悪い。本文 100

・「碧血古碑」は、つながりが悪い。本文 112

・「総蕭索」「已含春」は、それぞれ「総」「已」に難がある。本文 157

・「麴塵」とは柳の若芽の色を近く見た形容であるから、「遥望」には合わない。本文 182

場面と言葉のイメージが合わない
描写に不自然なところがある

・起句でいきなり「高吟」とするのは山中の静かな雰囲気にそぐわない。本文 8

・林の中を歩いているのに、「過老松」と、老いた松だけを詠う必然性は弱い。本文 8

・「攲傾石磴」が「雲峰に入る」はおかしい。山道にどこまでも石の階段があるわけはない。本文 10

・芦ノ湖一帯を仙郷になぞらえながら、そこに

・「客楼」（旅館）があるのはおかしい。本文 14
・「発軽舟」は、ここから旅に出かける気分になり、場面にそぐわない。「棹桂舟」に代える。本文 14
・起句で「孤松」といった松を結句で「新粧玉樹」と形容するが、「新粧」は女性の化粧を表す語で「孤松」に合わない。本文 24
・「茅屋」は自分の家をさす語なのに、「茅屋無人」というのはおかしい。本文 43
・夜半の散歩と言えば月の明るい夜になるので、七夕（七日の月）にはそぐわない。本文 58
・旧暦では七夕は秋の初めであるので、「爽於秋」はおかしい。「已涼秋」とする。本文 58
・「金杯談笑興無窮」の「金杯」は「挙杯」にすると、パーティーの始まりで乾杯をしている様子が明確になる。本文 67
・結句の「到入」は「（サンタクロースが）どこそこへ入って行く」の意になり、適切でない。「迎得」と直す。本文 67
・承句の「両三家」（二、三軒の家）は、ここを二、三軒の家と限定する必要はない。本文 73
・起句の「巖巒突兀」（連なる岩山がごつごつと突き出ている）が詩の中で浮いてしまっている。本文 76
・「今存崩壁漠中泯」とあるが、実際は、崩れた壁が砂中に埋もれている状況が見えているのだから、「存」を「看」に代えるとよい。本文 82
・海の上なのに「江水」（川の水）としているのが不適切。海上を行く船の状況に限定する。本文 91
・「壮志」のような勇ましい言葉は祝婚歌にふさわしくない。本文 97

・「興詩会」は門弟たちが詩会を興したことになり、おかしい。「呈詩処」とする。本文100
・大御所の教授について、その学術を称揚することはあっても、「師訓饗筵」ともてなしの宴会を言う必要はない。本文103
・政治への天のとがめをいうために「天譴」(天罰の意)の語を用いるが、被災者にとって悲惨な災害を詠う詩において、この語の使用には注意が必要。本文106
・「煙霧罩塵寰」の「塵寰」は広く人間世界をさすため、川中島という古戦場に限った話ではなくなり、そぐわない。本文109
・北斗星はそれほど明るい星ではないので「北斗煌煌」は不自然。ほかの明るい星と差し替えたい。本文127
・いくらイエス・キリストでも赤子の時は泣くだけなので、「嬰児語」は「嬰児叫」とする。本文143
・「遠峰近嶺尽嵯峨」は、「東峰西嶺〜」のほうが、「嵯峨」という形容により適切。本文167
・一ヶ月(「三旬」)ほど愛亀が池で泳ぐ姿を見ていない、とするが、「三旬」と区切るよりも、「頃来」や「頃間」がよい。本文174
・「金鏡」は秋を意識させるので季節感は合うが、「金」のきらきら光るイメージが雰囲気にそぐわない。「皓月」に代える。本文187
・粗末な田舎家なので、「上堂」(座敷に上る)では詩の雰囲気を壊す。「擁炉」にする。本文201

展開が理屈に合わない発想が不自然

・主人公が歩きながら松を撫でるというのは不

自然な行動である。本文24

・山の雪は忘却され、なぜか夜中に座禅を組み、雪解け水の音を聞いて幸せな気持ちになったというのは展開が唐突である。本文27

・部屋の中で酒を酌みつつ天を仰ぐというのは不自然。天を仰ぐのであれば外に出なければならない。本文30

・皇帝の寵愛を得られない宮女の嘆きを詠うのだから、街中《まちなか》の「金鞍公子」ではなく皇帝の寵を求めなくてはならない。本文121

言わずもがなのことを言っている

・詩題「早朝過川中島　時見妻女山漸霽」の情景説明は、詩を詠めばわかること。本文109

・転句の「清浄界」は言わずもがなの感がある。本文151

・起句・承句の流れから作者が故郷を懐かしんでいることは想像がつくため、転句の「故郷」の語は余計の感がある。本文155

・苔はもともと生えているのだから、「苔生」と詠う必要はない。「苔蒼」と改める。本文198

・「憐看桜樹花千朶」の「憐」は、言わずもがな。「憐看」を「傍看」に代える。本文198

前半で舞台装置を作る伏線を張る

・暑い夏に山に入ることで、初めて転句の「清涼界」が実感されるのである。本文10

・結句で「仙郷」「仙遊」と述べるためには、起句・承句に仙郷を想像させる描写を設けるべき。本文14

・紅葉が散り落ちる伏線として承句で「霜風」

を出すが、この「霜風」は紅葉を染めた風で、今その場で吹いているわけではない。今実際に紅葉を吹き落とす「風」が必要である。本文 17

・「一径通」（一本の小道が通じている）では、奥行きを表現するが、高さは出ない。後半の景を導く眺望を引き出すため「石磴登来」とし、高いところへ登る。本文 17

・前半は舞台装置。季節、時刻、場所などを按配して、後半の情を引き出す用意をする。本文 22

・起句でなかなか寝つけないことを言っているのだから、承句はそれをうけて、寝床より起きあがってしきりに酒を飲む、という方向に仕立て直す。本文 30

・起句で蓮の花を詠ずるのであれば庭に池などがなくてはならない。また、蓮の花の良い香りを詠じても照応する描写が後半になければ、蓮の花を出す意味がない。本文 43

・転句を昼寝から目覚める状況にするのも意味がない。結句の「送清涼」に合わせて、「消午熱」（真昼の暑さを消し去る）とするのがよい。本文 43

・承句では、起句を受けながら、坐像の安置されている堂の香気あふれる様子を詠って、後半の伏線を張る。本文 49

・承句「空木花開」を「花白揺揺」に改め、起句の「午風」と照応させる。本文 52

・「歓斟」を「先斟」とすると、まず酒を飲み、その後の舞を心待ちにする流れができる。本文 70

・この詩の「紅榴」のように、芝居で言えば大

道具にあたる家の辺りの木なども、状況に合わせていろいろ変化させて雰囲気を盛り上げる。本文 77

・結句「只愛風流不愛民」を強調するためには、前半に「後主」の豪奢ぶりを表す語があるとよい。本文 88

・承句以外に「木」に関する語が出てこないため、敢えてここで「連理」を用いる必要性はない。本文 97

・結句の「白蓮」がやや唐突なので、承句の「茅屋」を「水榭」（水辺の亭）に代え、伏線を張っておく。本文 124

・転句の「独坐」を「環坐」に直すと、みんなで月を待っているという、転句・結句のスムーズな流れができる。本文 133

・結句では凍えたハエが花の蕊をなめるという非常に小さな物の動きを詠じているのだから、「前庭」ではスケールが大きすぎる。「前簷」に改め、場を軒先に移す。本文 146

・起句から結句にかけて、〈天上→地上→四方〉と言葉の流れが理に適っている。本文 151

・第五句の「蝸涎耀」を生かすには、どこかで雨がやんだことを示さなければならない。日が出て初めて蝸牛の這った跡が輝くのである。本文 182

・第三句を「酌茅店」として酒を飲むことをより明確にし、第八句の「故使酔眠醒」を導くように。本文 194

表現や発想が重複している

・承句の「潮声」（波の音）、転句の「漁歌」（舟唄）は、二種の音がぶつかりそれぞれの

感動を相殺してしまう。本文 3

・「大寒風雪満窓霜」は、「風雪」「霜」という同種のものが一句中に混在しており、詩としての味わいが薄くなる。本文 21

・起句の「新寒」と結句の「新粧」が、「新」の同字相犯になっている。本文 24

・結句の「紅氷」を生かすためには、先に転句で「血」を言わないほうがよい。本文 33

・「梅霖入夜雨風斜」の「梅霖」と「雨風」は意味が重複するため、「梅霖」を「梅天」とする。本文 36

・結句を「一声清」と改めると、起句「午風清」の「清」と重複するため、起句は「午風軽」にする。本文 52

・「山郭郷園」は、「山郭」と「郷園」に言葉の重複があるため、「郭外郷村」に代える。本文 61

・「荏城開幕墨江頭」は、場所をいう「墨江の頭」が下にあるので、「荏城」（江戸）を出すよりも、幕府を開いた徳川家康を出すほうがよい。本文 85

・「林立摩天千尺楼」の「摩天」と「千尺」は同じ意味なので、「千層万戸楼」とする。本文 85

・「双鵲同居」は、「双」「同」ともに「一緒に」の意で重複の嫌いがある。「喜鵲双棲」と改める。本文 97

・「辟雍」と「燕園」はともに大学を表す語で重複の嫌いがあるため、「辟雍」を「泮池」（大学内にある池）に変更して、承句「蓮葉」の語を自然なものにする。本文 103

・「隠隠蒼涼」は、暗く寂しい意の形容語が続

いて面白くない。「隠隠微聞」に代える。本文140

・起句の「冬杪」、承句の「満地厳霜」、転句の「菊後梅前」と冬の季節を表す言葉が多い。「冬杪」と「歳寒節」は意味も近く、くどくなっている。本文148

・「関山落日暮雲端」は、「落日」（沈む夕日）と「暮雲」（暮れ方の雲）が重複している。「落日」を「積雪」に代える。本文152

・第三句・四句は「蓮渚─蘋渚」「芦洲─荻洲」と植物が形容語に用いられて、単調のきらいがある。本文187

平板にならないよう、立体感を出す対比を効かせる

・前半で「緑」と「白」の色どりを「陰」と「明」のあい反する語で表し景色に立体感を与え（視覚）、後半で雉の声（聴覚）をあしらって、さらに立体感を出す。本文53

・「風吹芳草繞春田」の「芳草」を「堤草」に直すと、情景が具体的、立体的になり、空間の広がりも得られる。本文61

・転句を「緑洲地」（オアシスの地）とすると、承句「炎帝」の炎（赤）と緑の色の対照が効いてくる。地名の黒水も炎と相俟ってどぎつい効果を挙げている。本文82

・起句の「野望遥遥」は、現在と対比させるために「一望荒蕪」（見渡す限りの荒野原）と改める。本文85

・転句は、今昔の違いを出すためにも江戸に幕府が置かれた当初に焦点を絞る。転句に「昔日」、結句に「今見」を配置し、過去と現在

の対比を明確に表すことができる。本文 85

・結句を「杜鵑声裏」に改めると、転句・結句で視覚と聴覚の対比が生まれ、さらに承句・結句で「昔は鶴が鳴き、今はホトトギスが鳴く」という対比も生まれる。本文 115

・「起望麴塵千縷色／坐聞茅屋四檐声」の対句に工夫があるが、後半は平板であまり面白みが感じられない。本文 181

・「麴塵」と「茅屋」とでは対がゆるい。「麴塵」（淡黄色）は柳の若芽の色を近く見た形容で、場所を示す「茅屋」とは完全な対応関係にならない。前者を「柳堤」に改める。本文 182

・「頻」「始」「逾」「久」という副詞的な字が多く、詩の調子が弱々しい。「逾」「久」を「馴」「易」と動詞に改める。本文 190

・第三句・四句の対句がどちらも聴覚に関わり、かつ、第五句・六句とともに二組の対句がどちらも風景描写で、平板である。片方が風景ならもう片方は情感を、片方が「静」ならばもう片方は「動」を詠うのが肝要。本文 193

・第四句の「苔生」を「苔蒼」と改め、第三句の「月上」を「月白」に代えると、色彩の対ができ、情景がはっきりする。本文 198

・「二」「五」の数字合わせや、「竹」「風」を対置した対句のできがよい。本文 201

意図的に表現を重複させる

・「蟬叫喧無車馬喧」と、句中対にすると面白い。本文 6

・「余霞重畳勝花紅」と、紅葉の色をイメージさせる言葉を重ねて、紅葉の色彩感を強調し

よう。本文17
・「不着金衣着鉄衣」にすると、「金衣」「鉄衣」の句中対で面白さが増す。本文112
・「百臣皆酔一人醒」にすると、「百臣」「一人」の数詞を用いた句中対となり面白い。本文118

印象的な描写・場面をつくる

・「隔絶市朝車馬喧」の「隔絶」は、「隔てられている」という状態をいうだけで、面白みに欠ける。本文6
・窓一杯に降りた霜に焦点を絞ってこれを際立たせる工夫が必要。「大寒風雪満窓霜」を、「月輪斜照満窓霜」とすれば、月光で霜がきらきらと輝くさまが印象的な場面となる。本文21
・「酔中心自到仙郷」は「心自」（心は自ら）ではパンチが足りない。「不覚」（いつの間にか）に改め、「酔中不覚到仙郷」とする。本文21
・後半は、朝になってから雪が降ったことに気がついたという趣向にしたほうが面白い。「夜半不知天醸雪」とする。本文24
・この詩の主人公である雉を活かすには、「空木花」といった具体的な花の名前は必要ない。本文52
・「頬紅雉子眼輝行」は、自分の心の軽やかさ・嬉しさを託して、「頬紅雉子一声清」とする。本文52
・「数片飛花」を「片片飛花」として、次から次と花びらが散り落ちる場面にするほうが強く訴えかけられる。本文61
・亀が首を伸ばして睡蓮の葉を枕にして眠るさ

まにしたところが面白い。本文64

・「親勧」の「親」がインパクトに欠ける。「懇勧」とすると、有難みが一層増す。本文76

・この詩の主眼は蒙古の今昔の変化にある。そのためには、「蒙古の婦人」より「爺嬢」（お爺さんとお婆さん）のほうが登場人物としてふさわしい。本文80

・「熱風焼石」は、灼熱地獄を強調するためにあえて太陽を出さず、太陽が「風」すらも焼いてしまうという意味で「焦風爍石」とする。本文82

・「炎気屯」は、砂漠の暑さを強調して「炎帝瞋」とすれば、ぎらつく太陽が暗黙のうちに連想される。本文82

・「新春瑞気自東来」の下三字を「洗塵胸」にすると、海上で初日の出を迎えるすがすがしさがうまく表現できる。本文91

・栗や芋を皿に並べて月の出を待つという結句の設定が面白いので、「一家団欒して月見をする」という詩に仕立て換えをする。本文132

・「客中為客」は、中国から日本に留学に来て、そこからまたシドニーに行くという様子をよく表していて面白い。本文136

・「芳姿不見独銜杯」の「独」は、独りで居るさまがよく効いている。本文139

風流な味わいを出す

・「撥簾漫摘紫陽花」の「漫摘」は無風流。「幽賞」に改めると、ゆったり観賞する気分が出る。本文36

・せっかく美しく咲いたバラを薫風が吹き散らすのでは詩的感動が消えてしまう。「吹残」で

はなく「吹揺」でなければならない。本文 40

・「今求糊口賈歓娯」の「賈歓娯」は、雅な感じがしない。「誘穹廬」に代える。本文 79

・「曽是繁華商賈地」の「商賈地」は雅ではないので、「緑洲地」（オアシスの地）とする。本文 82

・「可悲」よりも「可憐」のほうが佐藤兄弟の妻たちを気の毒に思う気持ちの表現として適切。本文 112

・「月影瀉光」は、「月影」より「娥影」のほうが女性らしさが出て、より雅である。本文 138

・「今年正化福音来」は俗っぽい表現で面白くない。「正」を「応」（きっと～に違いない）に代え、推量の形（当然の推量）にするとよい。本文 143

有名な詩や故事を効果的に取り込む

・「帰去来兮辞」の「撫孤松」は、陶淵明が庭の一本松を撫でつつ、その場を立ち去りかねていることを言う。ところがこの詩では主人公が歩きながら松を撫でる不自然な行動になっている。本文 24

・題の「南山余雪」は、祖詠の五絶「終南望余雪」を踏まえる。本文 27

・白居易の「香炉峰の雪は簾を撥げて看る」は、布団に入ったまま手で簾をはね上げて山の雪を眺める様子を詠じたもの。この作品では作者はすでに起きているのだから、「撥簾」よりも「捲簾」とするのが穏当。本文 37

・題が「桃花村」であることから、陶淵明「桃花源記」の「縁渓行」を踏まえ、起句の「山

渓」を「縁渓」に改める。本文55
・「桃花源記」の「男女衣著、悉如外人」を踏まえ、「相迎皆是外人装」と改める。本文55
・「外人」の語は「桃花源記」に三回出てくるが、ほかの作品には用いられない語なので、特に効果的である。本文56
・「古詩十九首」其十五の「昼短苦夜長、何不秉燭遊」を踏まえて、「避暑逍遥半夜游」を「秉燭中庭半夜游」に改める。本文58
・王維「輞川閑居」の「寂寞於陵子、桔槹方灌園」と、杜牧「清明」の「牧童遥指杏花村」とが上手に取り込まれている。本文61
・川中島の戦いの第四次決戦に焦点を絞るのであれば、その戦いが行われた秋を示す語を入れるべきである。本文109
・起句の「碧血」は、作者は『荘子』の典故を用いたと言うが、下の「古碑」とはつながらない。本文112
・承句の「紅粉啼痕」は、表現が露骨で、かつ、王昭君が愚かな女性であるようにもとられるため、白楽天「長恨歌」にある語を採用し、「寂寞花顔」とする。本文118
・この詩は李商隠の句「薛王沈酔寿王醒」を踏まえるとのことなので、「薛王」「寿王」の巧みな句中対の手法を採用したい。本文118
・宮中のことに設定するために、杜甫の「昭陽殿裏第一人」の句から借用する。本文121
・伯夷・叔斉が餓死した故事を踏まえた発想が面白い。本文130
・「関山落日暮雲端」を「関山積雪暮雲端」とすると、祖詠の「終南望余雪」にピッタリと添うようになる。本文153

・この詩は杜牧の「遣懐」を踏まえる。昔の有名な詩をうまく取りこむことによって、お説教や意見が諧謔味を帯び、やんわりした調子になる。本文164

・盧仝の句「北方寒亀被蛇縛、蔵頭入轂如入獄」を踏まえ、第四句の「埋頭」を「蔵頭」とする。本文174

・韋応物の詩の雰囲気に加え、陶淵明の詩も連想され、陶淵明・韋応物の世界へと入ってゆく心地である。本文190

・第五句は「春水砕瓊玉」と改めたが、左思の「石泉漱瓊瑤」の句を参考に「春水漱瓊玉」とする。本文194

・第二句の「数仞門牆」は、『論語』の「夫子之牆也数仞」を踏まえたもので、孔子を祀った湯島聖堂にふさわしい。本文197

・第三句「月上中天高挙燭」は、李白「春夜桃李園に宴するの序」の「古人秉燭夜遊」を意識したもの。本文197

・第七句の「幽賞」「清談」の語も、李白「春夜 桃李園に宴するの序」の「幽賞未已、高談転清」を踏まえたもの。本文197

・あえて場所を問うことで、王維の「不知香積寺」の句や、杜甫の「丞相祠堂何処尋」の句のように、詩に奥行きが生まれる。本文201

・「五柳」は陶淵明の、「青眼」は阮籍の故事とあい応じている。本文201

作詩のための参考文献

一、作詩法・漢文法

『漢詩を作る』あじあブックス
石川忠久　大修館書店（一九九八）
『漢詩を創る、漢詩を愉しむ』
鈴木淳次　リヨン社（二〇〇九）
『漢文法基礎』
二畳庵主人、加地伸行　講談社（二〇一〇）
『作法叢書　漢詩の作り方　新装版』
新田大作　明治書院（二〇〇三）
『詩韻含英異同辨』
浜隆一郎、石川梅次郎編　松雲堂書店（一九六三）
『詩語完備　だれにもできる漢詩の作り方』
太刀掛呂山　呂山詩書刊行会（一九九一）
『詩語集成　改訂版』
川田瑞穂　松雲堂書店（二〇〇〇）
『佩文韻府』（全四巻）
清・康熙帝勅撰　上海古籍出版社（一九八三）
『佩文斎詠物詩選』
清・康熙帝勅撰　上海古籍出版社（一九八八）
『はじめての漢詩創作』
鷲野正明　白帝社（二〇〇五）
『平仄字典　新版　漢詩実作必携』
林古溪・石川忠久編　明治書院（二〇一三）

二、辞典・事典

『漢詩鑑賞事典』
石川忠久編　講談社（二〇〇九）

『漢詩の事典』　松浦友久編　大修館書店（一九九九）
『校注唐詩解釈辞典』　松浦友久編　大修館書店（一九八七）
『続　校注唐詩解釈辞典』　松浦友久編　大修館書店（二〇〇一）

三、漢詩鑑賞

『石川忠久　中西進の漢詩歓談』　石川忠久、中西進　大修館書店（二〇〇四）
『漢詩歳時記』（全六巻）　入谷仙介、黒川洋一　他編集　同朋舎（二〇〇〇）
『漢詩で歳時記』　詹満江　ＰＨＰ研究所（一九九二）
『漢詩の講義』　石川忠久　大修館書店（二〇〇二）
『漢詩の歴史』　宇野直人　東方書店（二〇〇五）
『漢詩をよむ　春の詩百選』（夏・秋・冬もあり）　石川忠久　日本放送出版協会（一九九六）
『新　漢詩の世界』　石川忠久　大修館書店（一九七五）
『新　漢詩の風景』　石川忠久　大修館書店（一九七六）
『宋詩選注』　東洋文庫731・732・733・734　銭鍾書、宋代詩文研究会訳　平凡社（二〇〇四–二〇〇五）
『唐詩三百首』　東洋文庫239・240・241　目加田誠訳注　平凡社（一九七三–一九七五）
『唐詩選』　漢詩大系6・7　斎藤晌訳注　集英社（一九六四–一九六五）
『唐詩選』（全三巻）　前野直彬訳注　岩波書店（一九六二）
『唐詩選』　新釈漢文体系19　目加田誠　明治書院（一九六四）
『日本漢詩』　新釈漢文体系45・46　猪口篤志　明治書院（一九七二）

おわりに

岳堂石川忠久先生の主催する「櫻林詩會」の始まりは、かれこれ三十年ほど前に遡《さかのぼ》る。先生は他に「聖社詩会」（湯島聖堂）や「青山《せいざん》詩会」（ＮＨＫ文化センター）等の漢詩作法《さくほう》の講座を開いており、そちらは主に年配層のためのものであったが、この「櫻林詩會」は、先生が当時在職していた桜美林大学中文科の学生が、漢詩の作り方を学びたいと申し出たことが契機となって開かれたものであり（詩会の名称もそれに由来する）、次世代の漢詩人・漢詩作法指導者を養成することを目的に、二十〜三十代の若年層を中核として作詩の稽古がなされてきた。この間、「来たる者は拒まず、去る者は追わず」という先生の寛大な方針の下、メンバーは相当に入れ替ったが、毎月一回、途切れることなく詩会が催されている。

ふだんの詩会ではまず、中国の元初に編まれた作詩指南書『聯珠詩格《れんじゅしかく》』を、毎回担当を決めて輪読し、その後に、前回の詩会で先生より出された詩題をもとに、各人が作った漢詩を発表、そのつど参加者が各々意見を述べ、最後に先生の添削・講評となる。先生の講評はなかなか手厳しいが、時に詩を披露して即座に先生から「ほほー！」と得心の声が漏れた時は、みな心の中でひそかにガッツポーズを作る。更に「好《ハオ》、好《ハオ》！」という中国語が先生から独り言の如く漏れ出たならば完璧である。

かつて先生が喜寿を迎えられた際、我々は日頃の御指導に対する感謝の意を込めて、お祝いの詩をみなで作り合い、それらを纏《まと》めて手製の詩集に仕立て、先生に贈呈したことがあった。この時ばかりは先生、満面に笑みを浮かべて嬉しそうに我らの未熟な詩を御覧じられた。この詩集に幹事の私は菲才を顧みず、ぎこちない漢文で序文を書き、その最後に七言絶句一首を添えたのだが、その結びに私は「微吟幸得適高鑑　願聴連呼好好声（微吟《びぎん》〔我らの拙い詩〕幸いに高鑑〔先生のお目がね〕に適《かな》うを得《う》れば／願わくは聴《き》かん　好好《ハオハオ》を連呼するの声を）」と詠じた。櫻林詩會の常連ならば誰もが思うことを代弁したのであった。

本書は元来、櫻林詩會発足三十周年を記念して『櫻林詩會漢詩集』としての刊行を企図していたものであった。しかし原稿は纏まったものの、なかなか出版には漕《こ》ぎつけずにいたところ、先生が大修館書店に話をされて、新たに漢詩作法の指導書として生まれ変わったものである。本書に収録された詩は、現在詩会に参加している主要メンバーの作品に、過去の参加者の作品をいくつか加えたものであり、作品を提供した会員の氏名と、本書での作品番号を以下に列挙する（五十音順、付雅号）。

市川清史　24・25・32・43・50　神尾宏明　29　河内利治（君平）　30
金中　42・44　河野光世（蕙園）　40・49　小嶋明紀子　3・4・7・11・12・13・33・34・36
後藤淳一（泥龜庵）　2・19・46・57・58　須賀久美子　28　詹満江　38
中嶋愛　6・9・16・17・20・22・37　畠中知早子　1・8
日原傳（蝸庵）　5・21・41・47・59　堀口育男（甘溪）　56・61・62・63・64
三浦糸子　52　水出和明（樂山水）　23・45・48・60　棟方德　27・51・54
矢嶋美都子　18・31・53・55　山田名津代（芳園）　26・39
鷲野正明（翔堂）　10・14・15・35

先生は日頃、新たに詩会に参加する者に対しては、「漢詩の作り方を物にするには最低でも十年はかかるよ。気長に続けることが大事だよ」と仰る。ほぼ発足直後から参加してきた私は、この言葉を今更ながら実感する。漢詩の道は一日にして成らず、継続こそが肝心なのだと。

平成二十七年五月吉日

櫻林詩會幹事　後藤淳一

[著者紹介]

石川 忠久（いしかわ ただひさ）

1932年 東京都生まれ。東京大学文学部中国文学科卒業。同大学院修了。文学博士。現在、二松学舎大学顧問。二松学舎大学名誉教授。桜美林大学名誉教授。(公財)斯文会理事長、全国漢文教育学会会長、全日本漢詩連盟会長。元日本学術会議会員。

主な著書に、『漢詩を作る』『石川忠久 漢詩の講義』『日本人の漢詩』『漢詩人大正天皇』『大正天皇漢詩集』（大修館書店）、『石川忠久 中西進の漢詩歓談』（共著・大修館書店）、『漢詩の魅力』（ちくま学芸文庫）、『漢魏六朝の詩』（明治書院）、『漢詩鑑賞事典』（講談社学術文庫）、『書で味わう漢詩の世界』（書：吉沢鉄之・二玄社）、『東海の風雅』『茶をうたう詩 『詠茶詩録』詳解』『江都晴景 わが心の詩』（研文出版）、『身近な四字熟語辞典』『楽しく使える故事熟語』（文春文庫）、『漢詩と人生』（文春新書）などがある。

石川忠久《いしかわただひさ》 漢詩《かんし》の稽古《けいこ》

NDC 921／xii, 242p／19cm

初版第1刷――2015年7月10日
　　第2刷――2015年10月10日

著者――――石川忠久《いしかわただひさ》
発行者―――鈴木一行
発行所―――株式会社 大修館書店
〒113-8541 東京都文京区湯島2-1-1
電話03-3868-2651（販売部） 03-3868-2290（編集部）
振替00190-7-40504
［出版情報］http://www.taishukan.co.jp

装丁者―――クリエイティブ・コンセプト
印刷所―――広研印刷
製本所―――司製本

ISBN 978-4-469-23276-9　　Printed in Japan

石川忠久先生の著作

石川忠久　漢詩の講義

四六判・二九〇頁　本体二、二〇〇円
ＣＤ・一枚　本体二、八〇〇円

どの時代にも変わらず愛読・愛誦されてきた心の古典、漢詩。漢詩界の泰斗・石川忠久博士が、人生の折々にふれるその深い味わいを軽妙に語りかける、漢詩ファン必読の一冊。

別売のＣＤは、本書から四〇首を選りすぐり、著者みずからが日本語と中国語で朗読。

漢詩を作る　あじあブックス

四六判・二〇八頁　本体一、六〇〇円

漢詩研究の第一人者が、作詩の心得・約束事・構成法から練習の仕方に至るまで懇切丁寧に解説。著者自身の作例はもとより、初心者の作例の添削も収録し、参考になる。また、歴代の詩人の優れた作品の例を多数掲げているため、漢詩鑑賞の手引きとしても役立つ。

大正天皇漢詩集　本体三、五〇〇〇円
漢詩人大正天皇―その風雅の心　本体一、六〇〇円
日本人の漢詩　風雅の過去へ　本体二、五〇〇円
新　漢詩の世界［ＣＤ付］　本体二、四〇〇円
新　漢詩の風景［ＣＤ付］　本体二、四〇〇円
石川忠久　中西進の　漢詩歓談　本体一、四〇〇円

大修館書店　定価＝本体＋税